深沢眞二
Shinji Fukasawa

芭蕉のあそび

岩波新書
1949

目　次

序章　いまこそ「芭蕉へ帰れ」――見失われた俳諧性……1

第一章　「しゃれ」――掛詞・付合語のあそび……21

1　掛詞から「しゃれ」へ　22

2　「水とりや氷の僧の沓の音」――二重の文脈　33

3　「しばの戸にちやをこの葉かくあらし哉」――たった一字の効果的掛詞　40

4　「若葉して御めの雫ぬぐはばや」――「抜け」の技法　46

第二章　パロディ――古典の世界にあそぶ……55

1　出版メディアと古典の大衆化　56

2　「ゆふがほに米搗休む哀哉」――『源氏物語』と『枕草子』　61
3　「たこつぼやはかなき夢を夏の月」――『源氏物語』と『平家物語』　76
4　「初雪に兎の皮の髭つくれ」――『徒然草』の注釈を通じて　85

第三章　「もじり」から「なりきり」へ――謡曲であそぶ……99
1　教養としての謡曲　100
2　「から崎の松は花より朧にて」――「鉢木」のもじり　105
3　「木のもとにしるも膾も桜かな」――「西行桜」のやつし　119
4　「おもしろうてやがて悲しき鵜舟哉」――「鵜飼」への没入　134

第四章　「なぞ」――頭をひねらせるあそび……141
1　〈なぞ〉の変遷と「聞句」　142
2　「元日やおもへばさびし秋の暮」――元日にどうして秋の暮？　157
3　「ほとゝぎす正月は梅の花咲り」――梅の花にホトトギス？　160

4　「誰やらが形に似たり今朝の春」――「誰やら」って誰のことやら？　169

第五章　蛙はなぜ飛びこんだか――「古池」句のあそび……183

1　「山吹や蛙飛込む水の音」――〈なぞ〉の句にしてパロディ句　184
2　「古池や蛙とびこむ水の音」――芭蕉の「数奇の者」宣言　193
3　「草にあれたる中より蛙のはいる響」――語り直された「古池」句　206
4　「言外の風情、この筋にうかびて」――支考の描いた「古池」句誕生シーン　216

終章　「芭蕉」の未来……229

歌句一覧　243
関連論稿案内　253
図版出典一覧　257

序章　いまこそ「芭蕉へ帰れ」

——見失われた俳諧性

芭蕉は俳諧師《はいかいし》である

二〇二一年四月、一年以上のブランクを経て、私は某大学で対面授業に臨んだ。十五人程度の学生が広めの教室に適度の間隔をとって、全員マスクを装着して座っている。私もマスクをしたままで、なるべく学生に接近しないよう努めて講義を始めた。

おや、以前と何かが違う。やりにくい。学生の反応が分からないのである。とくに冗談を言った時に、笑ってくれているのか、冗談が通じなかったのか、冗談なんか言う教師に腹を立てているのか、それともそもそも聞いていなかったのか、大事な情報をマスクが隠してしまうのである。それはきっと学生からしても同様で、教員が冗談を言っているのか、それとも本気で馬鹿な話をしているのか、判断できないでいるのではないだろうか。

私の専門分野は俳諧《はいかい》という〈笑いの文学〉である。〈笑いの文学〉を大まじめ一点張りで教えるのではなく、できれば笑いを取り入れながら授業したいと思ってきた。ところが私は人を笑わせるのが苦手である。かつて「軟らかい文学の研究者には硬派が多く、硬い文学の研究者には軟派が多い」という重要なことを恩師から教わったが、私はまさに前者に当てはまる。努力しなければ冗談の言えない、つたない教員である。努力して乾坤一擲放った冗談が学生の心に届いたかどうか分からないというのは、ほんとに困った事態だ。

そして俳諧というジャンルの史上最大の作者は芭蕉である。私は、芭蕉を研究対象とするようになって約三十年経つが、芭蕉は硬い人だったろうとつくづく思う。それでも芭蕉は今なお俳諧の世界の中心にいる。そこには、芭蕉自身の力によって芭蕉以降の俳諧を比較的硬いまじめな方向に軌道修正させたという事情がある。だが、そのせいで、芭蕉が人々に笑ってもらおうと思って詠んだはずの句が、現代人にはまじめにしか受け止められていないというねじれが生じているように思う。

芭蕉の、とくに若い頃の俳諧作品を、〈笑い〉を意識して読み直せば、そこからは「しゃれ」や「もじり」や「なりきり」や「なぞ」、それに謡曲をはじめとする先行文芸のパロディを拾い集めることができる。芭蕉は言葉や先行文芸を用いたさまざまな〈あそび〉によって、人にウケる冗談を言う技を身に付けていた作者であった。ところが、芭蕉以降の硬めの俳諧とそこから展開した近現代俳句のフィルターがかかって、芭蕉の〈あそび〉が見えにくくなってしまった。芭蕉以降の俳諧文学史が、対面授業におけるマスクとなったのである。

芭蕉は俳諧師である。そう自認し、周りもそう見ていた。「俳諧」という熟語は「たわむれ、おどけ、滑稽、諧謔」といった意味である。つまり、言葉などを介して人を笑わせようとする態度である。だからその意味の通りに受け止めれば、芭蕉は、今日の落語や漫才の師匠のように、人を笑わせることの先生ということになる。それもあながち誤りではないのだが、しかし、日本における「俳諧」の語には特定の文芸のジャンル名として使われてきた歴史があって、「芭蕉は俳諧師だ」とは「芭蕉は、「俳諧」という文芸の先生だ」ということと理解するのが普通である。ではその「俳諧」とはどのような文芸だったか、ここからはその歴史を、少々回りくどくややこしいことながら、できるだけ手短かに説明しよう。

「俳諧」の文学史、平安時代から中世前期

平安時代前期(十世紀初め)に編纂された最初の勅撰和歌集『古今和歌集』の巻第十九・雑体に、「誹諧歌」が五十八首収められていた。よみ人しらずの一首を引く。

枕よりあとより恋のせめくればせむ方なみぞ床中《とこなか》にをる

夜一人で寝ていると、頭のほうからも足先のほうからも、「恋」が攻め寄せてきたので、しかたなく床の中ほどにかしこまって座っている、と歌う。この歌は「恋」を擬人化し、自分の心の問題なのに自分自身を攻めてくると、恋の苦しみを詠んでいる。恋の心を客体化し、恋する己れを笑っているのである。実感が込もるが、『古今和歌集』の頃の和歌の詠み方としては

まともではない。

『古今和歌集』では「俳諧歌」ではなく「誹諧歌」であった。「誹」の字音は「ヒ」、字義は「そしる、非難する、あしざまに言う」である。「誹諧歌」には確かに、花や鳥や動物や、「夜」や「世」などという捉えがたい相手や、それに自分自身をそしる歌が多い。そうした歌はしばしば右の例のように笑いの要素を持っていた。そのため、後代には「俳諧」の語と同義のように見られて、「誹諧」とあってもヒカイではなくハイカイと読み、「誹諧歌＝俳諧的な歌」と理解されるようになっていった。

いっぽうで、和歌のスタンダードである五七五七七の短歌形式を五七五／七七と分割し、二人の作者で分担して作る「連歌」という歌の詠み方が、平安時代中期から普通に見られるようになった。このことは、環太平洋西部に広く認められる「掛け合い」の歌の文化が日本にも定着していて、古代の『万葉集』などでは「相聞《そうもん》」と呼ばれて顕れていたのが、平安中期に至り今度は連歌の形式を取って発現したと見ることもできる。

たとえば、第五の勅撰集『金葉和歌集』(一一二六年からその翌年頃の成立)の巻第十・雑部下には、「連歌」と題された十八組の作品が載っている。その最初は、「居たりける所の北の方に、声なまりたる人の物言ひけるを聞きて」(私の住まいの北のほうで、声に訛りのある人が物を言うのを聞いて)という詞書を持つ、

東人《あずまうど》の声こそ北にきこゆなれ　　永成法師《えいしょう》
陸奥《みちのく》によりこしにやあるらん　　権律師慶範《ごんのりつしけいはん》

という作品である。永成法師は「北のほうから東国の人の訛りある声が聞こえるぞ」と五七五を詠んだ。権律師慶範は「陸奥《みちのく》の国から来たんじゃないですか」と七七を付け加えた。かつて陸奥が日本の東の果てと思われていたゆえの答えである。また、「こし」は「来し」と「越《こし》」(越の国、越前から越後までの北陸道)の掛詞《かけことば》だというのが気が利いている。この応酬は東・北の組み合わせに陸奥・越を対置した言葉のパズルでもあり、また、「北から東国人の声がするのはなぜだ?」という質問に「北にある越の国のその先の東の涯、陸奥の国から来たんですね」と答えてみせた、謎解きのあそびでもあった。

このように、初期の「連歌」には機知的で笑いの要素を持つ作品が多いのだが、それを当時は「俳諧」と呼んではいなかった。

「連歌」は平安時代後期から特殊な展開を見せる。最初〈五七五/七七〉で始めたとして、その後半の七七に五七五を付け加え、〈七七/五七五〉でまた別の新たな意味のまとまりを成すことが起こった。当然それは五七五と七七を交互にえんえんとつないで行くやり方に発展して、長編化した。ただし、無制限につないで行くわけではなく、上限を百句までとすることが定着した。後世、文学史的説明の上では、二句だけで終わっていた連歌を「短《たん》連歌」、長編化した連歌を「長《ちょう》連歌」または「鎖《くさり》連歌」と呼んで区別するが、長連歌が一般化した平安時代末以降は、単に「連歌」と言えば長連歌を指す。

その連歌（ここからは長連歌の意で「連歌」の語を使う）には、内容的に和歌の真摯な表現世界に収まる「有心《うしん》連歌」と、和歌の表現世界から逸脱した滑稽なことを詠む「無心《むしん》連歌」があった。後鳥羽院のサロンで、有心連歌と無心連歌の二つのグループに分かれて同時進行の連歌会が行われたことが、藤原定家の『明月記』に書き留められて知られている。

その無心連歌が、後の世には「俳諧」という名の文芸の祖として認識され、内容的にも継承された。二条良基《よしもと》撰、文和五年（一三五六）序の、准勅撰の連歌作品集『菟玖波《つくば》集』巻第十九の「雑体《ざったい》連歌」に「誹諧《はいかい》」の作品群があるが、その中に、

わたのくづにてひたひをぞゆふ
おほひげの御車《みくるま》ぞひの北おもて
前中納言定家

という、約一五〇年昔の無心連歌の一部が採られている。これは長連歌から二句だけ抜き出し

て『菟玖波集』に収録したものであり、こうした場合前の句を「前句《まえく》」、後の句を「付句《つけく》」と呼び、前句をもとに発想して付句を加える行為を「付ける」と言い表す。「綿の屑を撚《よ》った糸で額の髪を結んでいるぞ」という賤しげな人物の姿を詠んだ七七の前句に対して、定家は「それは、院の御車のそばの、もじゃもじゃヒゲの北面《ほくめん》の武士だ」と、具体的な職種の人物を連想して五七五を付けた。北面の武士とは院の御所の警護係であるから、後鳥羽院に伺候していた定家は、実際に身近に接する北面の武士のなんともむさ苦しいナリを話題にして笑っているのである。後鳥羽院のサロンで大いにウケたことだろう。

「俳諧」の文学史、中世後期

やがて中世の後半(室町時代)になると、連歌の主流は有心連歌となっていった。それは、宮中で定期的に連歌会が催されるなど、連歌が格式高い文芸として認められるようになったことと連動している。たとえば、宗祇《そうぎ》・兼載《けんざい》・三条西実隆《さねたか》編で、明応四年(一四九五)に完成した第二の准勅撰連歌作品集『新撰菟玖波集《しんせんつくば》』は、約一四〇年前の『菟玖波集』と異なり無心連歌・俳諧を収めていない。

しかしそれは俳諧の連歌が作られなくなったということではまったくなかった。俳諧は、真剣で肩の凝る連歌の会のあとや、酒食の席などで、「言い捨て」という意識をもって作られ続けた。記録に値しない、その場限りの戯れごとという意識である。だが、俳諧でもとくにおもしろがられた作品は人々の記憶に残り、書き留められて、ごく一部が現代まで伝えられている。『竹馬狂吟集《ちくばきょうぎん》』(編者未詳、明応八年〈一四九九〉序)と『新撰犬筑波集《しんせんいぬつくば》』(宗鑑編、大永~享禄年間〈一五二一~一五三二〉頃の編)がその代表的な記録で、両書ともそもそも書名が『菟玖波集』のパロディである。『竹馬狂吟集』は『新撰菟玖波集』と成立時期が近接しており、通常の連歌と俳諧の連歌とのあいだに書物の面でいわば〈棲《す》み分け〉があった状況を想像させる。

ここでは『新撰犬筑波集』から、「春」の冒頭の作品を挙げよう。作者は不明。

霞の衣《ころも》すそはぬれけり
佐保《さほ》姫の春立ちながら尿《しと》をして

前句《まえく》、春霞はよく衣に喩えられるものだが、その霞の衣の裾が濡れているという。霞がかかった春景の下のほうが海や川などの水辺なのだろうと、一応理解できる。しかしそれに付けた句は、春の女神である佐保姫が立ちながら放尿したのだと、裾が濡れている事態に下世話な原因を想像している。なお、「春立ちながら」の「立ち」は二重の意味を持ち、「立春となって」という時節も表している。寅さんが「粋《いき》な姐《ねえ》ちゃん立ちションベン」と言っていたように、女性が屋外で立ちションベンする光景は、尾籠《びろう》ではあったろうけれど昭和ぐらいまでは珍しいことでもなかったようだ。そうではあっても、佐保姫にそんなことをさせるなんて、何とまああきわどく暴力的な笑いの俳諧だろう。

このように、室町期の俳諧は非公式の文芸として放埒さを帯び、ここに引用するのがためらわれるような性的な句(破礼句《ばれく》)も多かった。

やや時代が進んで、天文九年(一五四〇)には『守武千句《もりたけ》』が成立した。これは伊勢神宮の内宮の神官荒木田守武《あらきだもりたけ》による俳諧独吟千句であるが、連歌作者としての経歴の長い守武は、自跋で「さて、はいかいとて、みだりにし、わらはせんと斗《ばかり》はいかん。花実をそなへ、風流にして、しかも一句たゞしく、さておかしくあらんやうに、世々の好士《こうじ》のをしへ也」(さて、俳諧だからといって、節度を持たず、人を笑わせようとばかりするのはいかがなものか。花やかさと真心を兼ねそなえ、風流であって、しかも一句の筋が通り、その上で可笑《おか》しくあるようにというのが、過去の幾人もの連歌に優れた人たちの教えである)と言う。俳諧であってもあまりにも卑俗ではいけない、伝統的な和歌の美意識を重んじた上で笑いを言いこめよということだ。

つまり、一五〇〇年代は、卑猥さや不道徳さを排除せず「とにかく可笑しければいいのだ」と自由奔放に詠む俳諧と、あくまでも連歌の一体としての品位を保とうとする俳諧とに二極化しつつあった時代だった。

「俳諧」の文学史、江戸時代初期（芭蕉まで）

江戸時代に入ると、町人のあいだでも俳諧を嗜む者が増え、寛永年間（一六二四〜一六四四）あたりから京都を中心として「貞門《ていもん》」という俳諧の流派が形成された。そのリーダーは松永氏の貞徳《ていとく》（元亀二年〈一五七一〉生まれ、承応二年〈一六五三〉歿）。和歌・連歌、それに古典文学にも通暁した人物で、俳諧を歌道の一体と見なし、連歌と俳諧の違いの目安を「俳言《はいごん》」を使わないか使うかに求めた。俳言とは和歌に用いられない語彙、つまり非・雅語であり、卑俗なものごとを表す言葉や音読みの言葉（漢語）を指していた。貞門の俳諧には、俳言を用いながら連歌的な品位を保つという理念があった。『守武千句』の跋が述べていた「世々の好士のをしへ」を引き継いでいたのである。

たとえば、貞徳は寛永二十年（一六四三）に『新増犬筑波集《しんぞういぬつくば》』という俳論書を刊行しているが、百年以上昔の『新撰犬筑波集』の放埒な俳諧作品の前句に、「自分ならばこのように付ける」という実作を示して、貞門俳諧の方向性を世間に知らしめている。前引の、

霞の衣すそはぬれけり

という前句に対しては、貞徳は付句を三例示している。仮にＡＢＣの記号を振った。

A　天人《てんにん》やあまくだるらし春の海　　＊俳言は「天人」

B　大《おお》ぶくを座敷うちへやこぼすらし　　＊俳言は「大ぶく」「座敷うち」

C　春立てふむ雪汁《ゆきじる》やあがるらん　　＊俳言は「雪汁」

「春の霞の衣、裾が濡れている」という前句に対して、Aは「天に住む人（羽衣伝説の天女のような人だろうか）が、春の海へ舞い降りてきたらしい」と付けた。Bの「大ぶく」は「おおぶく茶」のことで、元旦、若水で立てた茶に梅干しや昆布などを入れて飲む縁起もの。それを「座敷の中にこぼしたらしい」と付けている。Cは「立春となって残雪を踏んだところ、その雪汁が跳ね上がったらしい」と付けている。いずれも一句の意味は破綻なく理解できる。そして佐保姫の立ちションベンと比べたら、みな何とおとなしい発想であろう。三句の下それぞれに示したような俳言を詠み込んでいることが、俳諧の句である根拠となっている。

続く時代に勢力を持った俳諧の流派は、「談林《だんりん》」である。その中心人物は西山氏宗因《そういん》（慶長十年〈一六〇五〉生まれ、天和二年〈一六八二〉歿）。宗因は肥後八代出身の武士で、若い頃に京都で連歌を学び、浪人生活を経て正保四年（一六四七）、四十三歳で大坂天満宮の連歌所宗匠に就任した。連歌師として評判高く、各地の大名からさかんに招かれた。延宝年間（一六七三〜一六八一）

になると、『蚊柱百句《かばしらのひゃっく》』を皮切りに宗因の俳諧作品が続々刊行されて評判を呼ぶ。とくに大坂の俳諧作者らが宗因流俳諧を熱烈に支持し、模倣し、宗因を宗匠と仰いだ。宗因の支持者グループを後世「談林《だんりん》」と総称する。「談林」とはもともとは、仏と仏弟子の集まる、仏教の教育機関的な場所を言う語である。なお、このグループの中にのちに浮世草子の創始者となる西鶴がいた。

宗因にとって俳諧はあくまでも連歌の余技であった。だから、貞門のように俳諧に連歌的な品位を求めたりはしない。遊里や芝居といった風俗の話題も嫌わずに取り込んだ。また、謡曲の文句取りを得意とした。手法としては、連歌的な連想語(雅)と、日常的で卑俗な連想語(俗)を組み合わせて句を付けてゆくことを基本とした。その雅俗の組み合わせによって意外な表現が出現するのを面白がり、理屈に合わない非道理の句や意味の取りようがないナンセンス句(「無心所着句《むしんしょぢゃく》」と呼ばれる)が出現しても、むしろそれを歓迎した。

『蚊柱百句』から例を引こう。

　きいたか〱よゝのむつ言
丸薬《がんやく》の衣かたしくだいてねて

前句は「毎夜毎夜の睦言《むつごと》(男女の寝室での会話)を、聞いたか聞いたか」の意で、白居易の「長恨歌」の結末部「夜半人無く私語の時」を背景に持つ句。付句はまず、「きいたか」を「効いたか」の意に読み換えて「丸薬」を付けた。「丸薬」は音読みの語でもあり「丸薬が効いた」は身近な連想であるから、これが俗の付け筋。そして「よゝのむつ言」に「衣かたしくだいてねて」(衣服を敷物として相手を抱いて寝て。「かたしく」は「かたしき」(片敷き)の誤記と見られる)と付けた。「夜々の睦言」と「衣片敷き」はともに歴史ある和歌の言葉であって、これが雅の付け筋。この二筋の連想関係を同居させた結果、一句としては、「丸薬の包み紙(衣)を敷いて男女が愛し合っている」というナンセンス句が生まれた。有り得ない、ばかばかしい状況だが、想像が刺激される。ここには詩的な飛躍の力がある。

月もしれ源氏のながれの女なり
青暖簾《あおのうれん》のきりつぼのうち

前句は「お月さまもご存じの通り、私は源氏の血筋の女です」と、武家の家柄を誇っている。付句は、まず、「源氏」を『源氏物語』に読み換えて「きりつぼ」(桐壺、光源氏の母が暮らした局《つぼね》)を付けた。これが雅の付け筋。さらに、「ながれの女」の語のつながりをわざと遊女の意味に取って、遊廓の入口に下げられる「青暖簾」を付けている。これが俗の付け筋。その結果、宮中の桐壺に青暖簾が下がっていることになり、『源氏物語』世界をあたかも近世の遊里のように見る非道理の句が出現した。『源氏物語』尊重の価値観をひっくりかえして、インパクトが大きい。「桐壺更衣を遊女に仕立てるとは何事か」と、貞門から非難を浴びた。

宗因を取り巻く談林グループは、このような宗因流俳諧を模倣して、いっそう過激な表現に走った。暴走したと言ってもよい。そして貞門俳諧と対立して激しい論戦をくりひろげた。

寛永二十一年(一六四四)に生まれ元禄七年(一六九四)に亡くなった芭蕉は、貞門俳諧と談林俳諧の両方を経験した俳諧師である。芭蕉の青年期は俳諧と言えば貞門俳諧を指していた時期であり、芭蕉も貞門の俳諧師である北村氏季吟《きぎん》の指導のもとに俳諧を始めた。寛文十二年(一六七二)に二十九歳で伊賀上野から江戸に出た芭蕉は、延宝三年(一六七五)、江戸に下向した宗因を歓迎する俳諧の会に参加した。そして江戸にも影響が及んでいた談林俳諧に染まっていった。しかし、天和二年(一六八二)に宗因が七十八歳で亡くなると、談林グループは雲散霧消し、俳諧師たちはそれぞれに新たな俳諧をさぐり求め、俳諧全体として混乱と変動の時期に入った。破調のはやった一時期があり、漢詩文調の時期があり、連歌風に回帰する時期があった。芭蕉もそうした一時《いっとき》の流行に無縁ではなかった。ただ、最晩年、亡くなるまでの十年ほどのあいだの芭蕉は、盛んに旅に出て、貞門とも談林とも異なる新しい俳諧のあり方を模索した。そして後世「蕉風《しょうふう》」と呼ばれる俳諧の独自の風を打ち立てた。

芭蕉俳諧にも〈あそび〉がある

蕉風の特質について述べておこう。右に見てきた通り貞門も談林も、言葉の多義性や関連性を多用する俳諧、つまり言葉のおもしろさを利用する度合いの高い俳諧であった。また、先行文芸をもじったりパロディにしたりすることにも熱心だった。そうした俳諧を、研究者の専門用語で「親句《しんく》の俳諧」と言う。晩年の芭蕉が開拓しようとしたのは、言葉の操作やパロディの発想から脱却した俳諧であった。専門用語で「疎句《そく》の俳諧」と言う。なお、「親句／疎句」は中世連歌論以来よく説かれてきた対立軸である。芭蕉晩年の教えとしてしばしば取り沙汰される「かるみ」は、複雑でいまだ定説のない概念ではあるが、いわば「親句の重みからの脱却」という面も持っていたと考えられる。

近現代の芭蕉の読者には、どうも、芭蕉晩年の最終進化形の「蕉風」俳諧を基準にして作品を解釈する傾向がある。芭蕉作品に向かい合ってもそこに〈あそび〉を求めず、日常生活における詩的な感覚や、時には哲学的な含意までもさぐる読み方である。そして、えてしてそうした読み方を、貞門時代・談林時代の若き芭蕉の俳諧にまで当てはめようとする。だから、謹厳実直で笑いの要素から遠い、清僧のような芭蕉翁のイメージができあがっている。

そうした傾向は芭蕉俳諧の解釈を誤らせると思う。少なくとも、天和年間（一六八一〜一六八四）あたりまでの芭蕉は、言葉の操作を中心とした知的な〈あそび〉によって人々の笑いを獲得することを、俳諧の基本としていたと見るべきだ。冗談のお上手な芭蕉さんなのである。また、それ以降の芭蕉であっても、〈あそび〉を完全否定して俳諧を追求していたわけではない。晩年の十年間ほどの芭蕉の俳諧にも、言葉・パロディの〈あそび〉を効かせた作品はたくさんある。いや、芭蕉の生涯を通じて、句々の内には〈あそび〉がまだまだひそんでいて、発掘されるのを待っていると思う。

くりかえして言いたい。芭蕉は俳諧師であった。俳諧師の本分は、人々を笑わせ、人々の気分をほぐすことにある。芭蕉の俳諧作品を読むに当たり、彼が意図した笑いの所在を確認しないでは、「おどけ・たわむれ」であるはずの「俳諧」の範疇から逸《そ》れた解釈になってしまうのではないか。

かつて、芭蕉歿から約百年後の、十八世紀後半の俳諧作者たちのあいだに、「芭蕉へ帰れ」を合言葉として蕉風復興運動が起こった。それは流派によりまた地域により複雑な展開を見せるのだが、おおよそのところ帰るべきその「蕉風」は、実景実情を描き俗気を離れて高い精神性を求める、いたってまじめな俳風として想定された。確かに最晩年の芭蕉が追い求めたのはそうした境地だったかもしれないのだが、そこにばかり目を向けて俳諧師・芭蕉の立脚点である〈あそび〉を見逃すことは、芭蕉本人にしてみれば残念なことではないだろうか。

「芭蕉へ帰れ」というキャッチフレーズを、本書では新たに、「芭蕉の狙った言葉やパロディの〈あそび〉に迫ってみよう」の意味を込めて掲げたい。

これから、芭蕉の〈あそび〉について、第一章「しゃれ」、第二章「パロディ」、第三章「もじり」から「なりきり」へ、第四章「なぞ」と、四つのタイプに分けて具体的な句を取り上げ検討する。そして第五章ではとくに、従来神棚にまつりあげられまじめいっぽうに解釈されてきた「古池や蛙《かわず》飛こむ水の音」を俎上にのせて解剖し、〈あそび〉に即した読み方を提案したい。

発句《ほっく》、自句の解釈の変更、初案・再案・三案……

序章のしめくくりに、いくつか、説明の前提と言うべきおことわりを加えておく。

まず、五七五の句形を呼ぶのに、発句《ほっく》という語を用いる。それは連歌や俳諧の最初の句という意味であり、脇句・第三と句が続くことを前提とした語である。ちなみに「俳句」は、明治時代のなかばに正岡子規が発句を俳諧から切り離し、五七五の一行だけで独立した作品として創作し鑑賞もする文芸に作り変えて以降の呼称である。だから「芭蕉の俳句」は、時代考証的には不適切な表現と言える。

次に、芭蕉に限らない話だが、一つの発句についての作者の作意は必ずしも一つではない。

たとえまったく同じ句形であっても、T（時）・P（所）・O（機会）の違いによって作者自身が自句の解釈を変えることがある。あるいは、典拠を差し換えることによって、解釈を大幅に変更することもある。そうした変更は前書など句の外部の情報によって推測される場合が多い。

　また、ある一つの着想から詠み出された句であっても、字や語の操作によって複数の句形が生まれる場合がある。最初に詠まれた句形を「初案」、次に詠まれた句形を「再案」、三番めに詠まれた句形を「三案」……（以下続く）……と、成立の順に呼び分ける慣習になっている。最終的な句形を「成案」とか、あるいは確定した句という意味で「本位《ほんい》句《く》」と呼ぶこともある。後から成立した句形ほど作者にとって〈改善した案〉で〈自信作〉であると普通には思われるが、これまた必ずしもそうとは限らない。T・P・Oや典拠の選び方によって、よく似た句形でありながら作者自身の解釈が大いに異なり、作者としては「複数の句案の間に優劣の差があるわけではないのだが……」と思っている状況も、ありがちなことである。

　現代俳句の作者にはおそらく、俳句を詠出した時点での実感や着想こそが重要であり、一旦仕上げた句に時間を経てから異なる解釈を加えたり、少しの字や語の変更で別の句を生み出したり、というようなことを慎む意識があるであろう。だが、江戸時代の俳諧においてそのあたりはゆるい。作者は自在に句形も解釈も変える。作者が一つの発句に、細かなヴァリエーションの存在や、複数の解釈を認めているという前提でかからなければ、作者の意図を読み誤る危険がある。どれか一つを「これが成案だ」「これが本位句だ」などと認定しても、あまり意味はないのではないかと思う。

そういえば連歌でも俳諧でもいわゆる連句文芸では、ある前句と付句の組み合わせで描かれる世界と、その付句とさらにその次の付句との組み合わせで描かれる世界とが、違っていればいるほど高く評価される。前から見るか後ろから見るかでなるべく中の句の解釈に違いが生じるよう、続く付句を付けることが推奨されるのである。このことを連句の術語では、「転じ」が大きいほどよいと言う。そうした連句的発想が身にしみているがゆえに、江戸時代までは発句においても自句の解釈の揺れが許容されてきたのだ、という分析も可能かもしれない。

さてではここから先は、芭蕉の発句について〈あそび〉の在りかをさぐる道のりを、どうぞご一緒にたどって下さいますよう。

第一章　「しゃれ」——掛詞《かけことば》・付合語《つけあい》のあそび

1　掛詞《かけことば》から「しゃれ」へ

日常の中の「しゃれ」の効能

鍋の落とし蓋《ぶた》に、豚の鼻をデザインした穴が空けられている製品がある。何のためか？　お料理の時間を「しゃれ」でなごませるためだよね、きっと。私たちの日常生活に「しゃれ」は溢れている。さまざまな商品のキャッチ・コピーに使われる「しゃれ」はふんだんに目や耳に触れるし、電話番号の語呂合わせや、「十一月二十二日はいい夫婦の日」式の各種記念日だって多くは「しゃれ」で出来ている。「しゃれ」によって私たちはなごみ、こわばった心に余裕を回復する。人と人との関係において、ささやかに距離が縮まる。この世に「しゃれ」というものがあって良かった。

私事ながら、我が家の子供らが幼かった頃、自転車で保育園の送り迎えをして、片道10分のあいだ私はよく、子供に「しゃれ」のクイズを出した。

「そのお店に入ったら、お店の人がちょっと笑ったよ。何屋さんかな？」、答え「くすり屋さん」。

「そのお店に入ったら、小さな小さな物音がしたよ。何屋さんかな?」、答え「ことり屋さん」。

このレベルで大ウケ。かわいかったものだ。

今でも私は我が家でときどき新作の「しゃれ」を披露している。妻が肩に湿布薬を貼ってくれと頼んできた。そこですかさず「これぞパートナーシップ」。あるいは、「歯ぎしりを治すガムがあるってね」「何ていうの?」「キシリトール・ガム」。

家族の反応はおしなべて冷たい。大きくなった子供らは、毛づくろいして抜け毛をまき散らす猫を見るような目で私を見て「おやじギャグだ」などと毛嫌いする。

負けるものか。私はこっそりつぶやく。

「芭蕉さんだって、しゃればっかり言ってたぞ」と。

古典和歌の掛詞《かけことば》と俳諧の掛詞

日本の文学史の上で、「しゃれ」はことばあそびの王道である。古典の授業で和歌の技巧として学ぶ掛詞だって本質的には同じだ。

難波江《なにわえ》の蘆《あし》のかりねのひとよゆゑみをつくしてや恋ひわたるべき　皇嘉門院別当《こうかもんいんのべっとう》

これは『百人一首』中の一首、出典は『千載和歌集』巻第十三・恋三。恋の歌としての内容は、「ひと晩だけ関係を持ったために、命をかけてあなたを恋し続けなければならなくなるなんて」というもの。詞書に「摂政右大臣の時の家歌合に、旅宿に逢ふ恋といへる心をよめる」(摂政右大臣は九条兼実《かねざね》。その家の歌合にて、「旅先の宿にて情を交わす恋」という題で詠んだ歌)とある。作者が難波江(現在の大阪の淀川河口付近)に暮らす遊女の気持ちになって詠んでいると考えられる。そうした内容以上に、この歌の魅力は掛詞の三連発にある。

仮寝　夜　身を尽くし
難波江の　蘆《あし》の[かりね]の　ひと[よ]ゆゑ　[みをつくし]てや　恋ひわたるべき
刈り根　節　澪標

「かりね」は「仮寝」(かりそめの肉体関係)と「刈り根」(芦を刈って残った根の部分)、「よ」は「夜《よ》」と「節《よ》」(芦のふし)、「みをつくし」は「身を尽くし」(身をささげ尽くして)と「澪標《みおつくし》」(舟の航路標識)の、それぞれ掛詞である。「澪標」は大阪市のマークにも使われており、一九八五年の沢口靖子さん主演の連続テレビ小説以来、ドラマや小説などにより現代でも耳になじみのある語だ。この三つの掛詞の、恋についてじゃないほうの語はいずれも「難波江の蘆」の縁語である。そのために、芦原茂る淀川河口を渡ってゆく小舟の心細いイメージと、恋の嘆きのイメージが重なり合って迫ってくる。すごい技巧だと思う。詠み出された時にはきっと、聴いた者はニヤリと笑って、「おもろいな」「しゃれてはるわ」という感覚で喝采しただろう。

だが、九百年近くも時が経った今、この歌を聴いて、感心する人はいても笑う人はまずいまい。権威ある古典になり、この掛詞も古くみやびな言い回しになってしまったのである。それは歌が詠まれてから五百年ほど経った段階の江戸時代初期でも同じことだった。

その代わりに江戸時代初期には、俳諧という文芸が熱心に新しい掛詞を生み出そうとしていた。古典和歌に用いられた掛詞が〈雅語と雅語〉の範疇に収まるのに対して、俳諧の掛詞は〈雅語と俗語〉ないしは〈俗語と俗語〉の掛詞である。その具体的な例を手軽に知ることのできる、便利な資料がある。

京の都に梅盛《ばいせい》という貞門の俳諧師がいた。元和五年(一六一九)生まれ、元禄十五年(一七〇二)歿。たくさんの俳諧撰集を編んだほかに、『便船集《びんせんしゅう》』と『俳諧類船集《るいせんしゅう》』という二つの付合語集《つけあいごしゅう》を著した。付合語とは俳諧の連句を作るのに役立つ連想語のことである。つまり二つの本は俳諧作者向けの連想語辞典である。『便船集』は寛文八年(一六六八)の刊で、主に俗語どうしの連想を集めている。『俳諧類船集』は延宝四年(一六七六)の刊で、俗語どうしばかりでなく、雅語と俗語、雅語と雅語の連想も示され、項目ごとに簡潔な解説文が添えられている。重なる付合語も多いものの、『便船集』に較べて八年後の『俳諧類船集』にはかなりの増補・変更が加えられている。『俳諧類船集』は、一九七三年に般庵野間光辰先生華甲記念会(「般庵」は野間先生の号、「華甲」は還暦)から「付合語篇」の索引が、一九七五年に「事項篇」の索引が出されて、これまでにも多くの研究書や注釈書に利用されてきた。『便船集』も今では『京都大学蔵 潁《え》原《ばら》文庫選集 第三巻』(臨川書店、二〇一七)に翻刻と索引がそなわっている。

この二つの本に登録された付合語は、梅盛が自他の俳書に載る実例から拾い集めたものと思われるが、そこには同音異義語を介した付合語がふんだんに見出される。それらは発想法においてなら和歌の掛詞と同じである。少し例を挙げてみよう。『便船集』を『便』、『俳諧類船集』を『類』と略記して示す。見出し語、すなわち付合語の親に当たる語を太字にする。

『便』 **たなびく**ニ 雲 かすみ ねずみ
『類』 **たなびく** 花 雲 光明 かすみ ねずみ 猫

まずは単純な例から。「雲」と「かすみ」は「たなびく」ものであるから、ごく自然な付合語と言える。それに桜の「花」が雲のように群がって咲いているのも「たなびく」だろうし、日の光が雲間から差して棚のように横に長く見えるさまを、「光明」が「たなびく」と言ってよかろう。ここまでは動詞「たなびく」を使えそうな風景についての付合語である。では「ねずみ・猫」がなぜ「たなびく」の付合語になるのか。それは一語を「棚・引く」と分解した上で「棚から食物を引く(＝盗む)」意味に読み換えたからであろう。

『便』**憤**《イキドヲリ》　二八　○笛《フエ》　尺八　火吹竹《ヒフキ》　鼻《ハナ》の穴《アナ》　亡魂《バウコン》　灯《トモシ》けす　街道
『類』**憤**《イキドヲリ》　笛　尺八　火吹竹　鼻《ハナ》の穴　亡魂《ボウコン》　灯けす　海道《カイダウ》　後妻《ウハナリ》　長路地　大路
　　きせる

「憤り」は怒り・腹立ちの意だから「亡魂」が付合語にあるのは理解できる。死者はしばしば怨霊となって憤るものである。「後妻《ウハナリ》」とは二人め以降の妻のことだが、先に結婚していたほうの妻が嫉妬して、仲間を集めて後妻を襲撃する「うわなり打ち」という習俗があったそうである(あな恐ろしや)。古い妻が憤るのである。では「笛・尺八・火吹竹・鼻の穴・灯けす」、それに「きせる」の六語がなぜ連想されるのか。それは「憤り」を「息・通り」に読み換えたからであろう。また、「街道」(海道と書いても同じ意)および「長路地・大路」の三語は、「行き・通り」への読み換えから来ているに違いない。

『便』**功徳**《クドク》　池　千話文　仏　菩薩　彼岸　難面《ツレナキ》ニ云よる　詩《シ》の講尺《カウシャク》
『類』**功徳**《クドク》　極楽の池　仏　菩薩　躍《ヲドリ》　彼岸《ヒガン》　千話文　詩の講尺　卒都婆　難面《ツレナキ》に云よる

「功徳」とは、仏さまから果報つまり来世での幸いを受けることができるような善い行いのこと。見てきたわけではないが、この世で功徳を積むと、最高の果報に恵まれれば極楽浄土に生まれ変わることができるという。また、極楽浄土には「功徳池《くどくち》」という池があるらしい。だから「功徳」に対して、極楽に関係する「池・仏・菩薩・彼岸」は分かりやすい付合語である。それにお墓の後ろに立てられる細長い板「卒都婆《そとば》」(卒塔婆)は、そもそも仏への感謝を示したり死者を供養する善行として立てられるものだから、「功徳」の一種である。「躍《ヲドリ》」はつまり盆踊りで、この世に戻ってくる精霊《しょうりょう》を慰めて「功徳」を積むために踊るという意味での付合語だろう。

では、そのほかはどうか。「千話文《ちわぶみ》」は「痴話文」とも書き、要するに恋文のこと。「難面《ツレナキ》ニ云よる」とは「冷たい態度をとる恋の相手に言い寄る」ということ。ともに、「功徳」の同音異義語「口説《くど》く」を介して連想される語句なのである。さらに、「口説く」は「説明する」意の場合もあるから「詩《シ》の講尺《カウシヤク》(講釈)」も同じ経路での連想関係となっている。要するにこれらも「しゃれ」を介した付合語なのである。

「美女は命を断つ斧」

『便船集』や『俳諧類船集』は、西鶴研究の上でも役に立つ。西鶴は寛永十九年（一六四二）生まれ、元禄六年（一六九三）歿。大坂の町人で、宗因流の俳諧になじんで談林の俳諧師として活躍した。とくに、一昼夜のあいだに詠む句の数を競う「矢数《やかず》俳諧」において天下に名を轟かし、貞享元年（一六八四）には二三五〇〇句独吟を達成している。西鶴は、宗因の歿したのと同じ天和二年（一六八二）に『好色一代男』というベストセラーを生み、以後も浮世草子のヒット作を数々刊行した。

西鶴の書いた浮世草子には俳諧師として身に付けた知識や発想や言語センスが大いに盛り込まれている。貞門俳諧よりも談林俳諧のほうが語と語の連想に頼って付けること（つまり「詞《ことば》付《づけ》」）に熱心だったので、その点から言っても西鶴の表現意図を分析するためには俳諧の付合語辞典を引くことが有効である。

具体例を一つ挙げる。

西鶴による好色物浮世草子の一つ、『好色一代女』は貞享三年（一六八六）に刊行された。一人の女が少女の頃から老女となるまでの恋の遍歴（というよりむしろ性の遍歴）を語るスタイルをとり、年齢に応じて彼女が体験するさまざまな職業が並べられて「女性の職業尽くし」の観がある。少女時代には官女に仕えて公家社会に接し、若い盛りには大名の妾や全盛の遊女までも勤めたが、歳を重ねるにつれ落ちぶれてゆく。町住まいの職種いろいろを経て、茶屋女やら湯女やら安く身を売る仕事に沈淪《ちんりん》し、しまいには辻に立つ「夜発《やほつ》」にまでなるが六十五歳の老女を買う男はいなかった、というのが遍歴の終点である。最終話では大雲寺の五百羅漢像を見てかつて関係を持った男たちをしのび、「一生の男、数万人《かずまんにん》に余り、身はひとつを今に、世に長生きの恥なれや、浅ましや」(この女の身一つが一生のあいだに相手にした男の数は一万人を超えた。今振り返れば長く生きたぶん恥が多くなったものだ。ああ我ながら浅ましい)と嘆き、死のうとして死にきれず、尼となって嵯峨野に「好色庵」を営み隠棲する。

その一代女が、伝説の美女・小野小町を主要なモデルとしていることは間違いない。小町は『古今和歌集』に多数入集した宮中女流歌人だが、その実像はほとんど不明である。しかし、中世から近世にかけて小町はさまざまに説話化された。それも、男たちとの恋の話ばかりでなく、老いて物乞いして歩く衰残の小町像が語られた。江戸時代前期には、とくに謡曲「卒都婆《そとば》小町《こまち》」や「関寺小町《せきでらこまち》」によって老女小町のイメージが広まっていた。

『好色一代女』の中で小町伝説が明確に利用されているのは、巻三の一「町人の腰元」である。その結末の、一代女が裸身《はだかみ》で歌いながら京の町のあちらこちらを狂って歩く場面は、謡曲「卒都婆小町」のパロディである。念入りなことに彼女は昔流行《はや》った「踊《おどり》小町」の歌謡を歌って歩くのだ。また、個々の話の素材ばかりでなく、宮中に出入りした美女が最後には巷《ちまた》をさすらっているという『好色一代女』の全体の構成が、そもそも伝説中の小町の生涯をなぞっていよう。

『好色一代女』巻一の第一話「老女《ろうにょ》のかくれ家《が》」の、本文の書き出しは、

　美女は命を断つ斧と古人もいへり。

である。男の視点での物言いで、「「美女は命を断つ斧のようなものだ」と昔の人も言っていた」という。「古人も」の「も」によって、自らを含む今の世の人も同感だという含みを持たせている。命を断たれた男どもをたくさん見ての実感であろう。谷脇理史《たにわきまさちか》氏は『『好色一代女』の面白さ・可笑しさ』（清文堂、二〇〇三）において、この書き出しの一文をとっかかりにして、従来「近世封建社会の重圧の下で生きる深刻・悲惨なある女の生と性をサンゲする作品と見られている」（一四頁）ことに異を唱え、「愚かな男どもを手玉にとって生き続け」（一五頁）る主人公一代女の活躍を、笑いの中に描いた作品だと説く。

　この「美女は命を断つ斧」の警句にはいかにも何か出典がありそうだが、そのままズバリの典拠は見つかっていないようだ。これに近い古典の言葉として、『新編日本古典文学全集　井原西鶴集①』（東明雅氏校注、小学館、一九九六）の頭注は、中国秦代の百科全書『呂氏春秋』「本性篇」の「靡曼皓歯《びまんこうし》ハ生ヲ伐《た》ツノ斧」を指摘している。「靡曼」は肌のきめが細やかという意で美女らしさの表現、「皓歯」は歯が白くきれいという意で女性の魅力的な笑顔を表している。

そうした漢籍の成句を西鶴が応用した可能性はある。だが、俳諧の付合語辞書の次のような項目を参照するならば、西鶴の意図が明らかになるのではなかろうか。

『便』**斧**《ヲノ》 蟷螂《タウラウ》 碁《ゴ》 仙家《センカ》 （中略） 小町《コマチ》 篁《タカムラ》 （以下略）

『類』**斧**《ヲノ》 蟷螂《タウラウ》 仙家 碁 （中略） 小町 道風《タウ》 篁《タカムラ》 （以下略）

「蟷螂」は「蟷螂の斧」の成語から。「碁・仙家」は「爛柯《らんか》」の故事（中国の晉の時代、王質というキコリが森で童子たちが碁を打つのを見て時を忘れ、気がつくとそばに置いた斧の柄（＝柯）が腐っていた（＝爛）という話、出典は『述異記』）による。これらはストレートな連想である。だが、「小町・篁」それに「道風《とうふう》」が登場するのは、その三人がみな「小野」氏だからにほかならない。つまり「斧」は、同音異義語の「小野」を媒介にして「小町」ほか小野家の人々と連想関係にあったのである。

ということは、西鶴は『好色一代女』の冒頭に、「美女は命を断つ小野（の小町）」と、作品全体のモデルの名前を潜ませていたのだ。当時の、俳諧的発想に慣れていた者なら、この書き出しを読んで『好色一代女』全体の趣向を感知したのではないだろうか。

2 「水とりや氷の僧の沓《くつ》の音」――二重の文脈

話を芭蕉の発句に進めよう。

「水とり」の芭蕉発句

芭蕉は四十二歳だった貞享二年(一六八五)二月、奈良の東大寺二月堂の修二会《しゅにえ》にあたり参籠した。『野ざらし紀行』の中に、その体験に基づく発句を記している。

二月堂に籠《こも》りて
水とりや氷の僧の沓《くつ》の音
(『野ざらし紀行』芭蕉自筆自画本)

修二会は旧暦では二月一日から十四日まで行われていた行事である。修二会とは「二月に修する法会」の意。太陽暦の現在では三月一日から十四日まで行われている。その期間、「練行衆《れんぎょうしゅう》」と呼ばれる僧侶たちが夜間の行法《ぎょうぼう》を勤めるために、東大寺の東側の山のやや高い位置にある二月堂に上堂する。その際、午後七時の鐘を合図に大きな松明《たいまつ》が先導して「登廊」(屋根付きの階段)を上り、舞台の高欄から火の粉を散らす。また、旧暦で言えば十二日の深夜(新暦で言えば十三日の未明）に石段の下の「閼伽井屋《あかいや》」という建物の中の「若狭井《わかさい》」から水を汲む。その行事を「お水取り」と言い、修二会の全体も「お水取り」と通称される。

また、修二会に際して、信者が二月堂内で夜の行法に接することが「籠《こも》り」である。右の発句の前書「二月堂に籠りて」によれば、芭蕉は修二会の期間中に二月堂に籠ったのであろう。ただ、句に「水とり」とあっても十二日だったとは限らず、何日だったかまでは決められない。それでも、堂内の外陣の「籠り」のための一画で、内陣で僧侶たちが修二会行法を勤める際の沓の音を聴いたのは、実際の体験だっただろう。それがそのまま「僧の沓の音」の表現になっていると、ひとまずは考えられる。

その「僧」に「氷の」という語句が冠されていることをどのように理解すべきだろうか。旧暦では二月は仲春である。芭蕉が籠った貞享二年の「お水取り」は新暦に置き換えると三月五日から十八日までに当たっていた。普通に考えて、奈良市あたりの気候なら「氷」を詠むには遅い。実際に寒の戻りがあったからだろうなどと考えるのは現代的な発想であって、当時の詠み方としては、仲春の句に冬の季題である「氷」を、「消ゆる」とも「とける」とも言わずそのままに詠み込むことは、ふつうしない。

その点について従来一般的に支持されてきた解釈は、尾形仂氏が『日本詩人選　松尾芭蕉』（筑摩書房、一九七一）で述べている、次のような説であった。

「氷の僧」とは、二月の奈良の寺院で、寒夜森厳の行法にはげむ僧のイメージを、「氷の衣」「氷の蚕」「鐘氷る」などのことばにならって、感覚的に言いとったものだろう。内陣に入ることを許されない芭蕉は、直接には練行衆の姿を見ていない。それは、「沓の音」という聴覚の対象を視覚化した幻想の僧の姿であり、また、「沓の音」に魂を氷らせる芭蕉自身の心の色の投影でもあった。夜の闇の中に、行道の僧の虚像が、凍りつくようなきびしさをただよわせながら、白く透けて浮かんで見える。

尾形氏は「氷の」を現実の氷や寒さというよりも、行《ぎょう》の「凍りつくようなきびしさ」の感覚的・象徴的な表現と見ている。芭蕉の「魂を氷らせる」ような「沓の音」だったと言う。

「水鳥」の付合語「氷」「沓」「二月堂」

しかし、この発句は、「しゃれ」を言って遊んでいるという観点からはまた違った解釈ができる。『便船集』と『俳諧類船集』を参照してみよう。

『便』 **水鳥** かけ樋《ヒ》 二月堂《ダウ》 敗軍《ハイグン》 作ル田 蓮池《ハスイケ》 生《イク》田川

『類』**水鳥**　かけ樋《ヒ》　二月堂　作る田　敗軍《ハイグン》　蓮池　竜骨車　生田川《イクタ》　昆陽《コヤ》の池　氷

「水鳥」は和歌以来の冬の季題であった。『堀河百首』の冬部に「水鳥」という題があって、「水鳥」の語をそのまま詠み込んだ歌のほかに、鴛鴦《おし》・鴨・鷗・雁・鳰《にお》などの鳥の名が詠まれた歌群がある。連歌や俳諧の季寄せ（季語を集めた資料）でも「水鳥」は冬に登録されていた。右の「水鳥」の付合語の内、最後の「氷」は、同じ冬の季題どうしの自然な付合語と言えよう。氷の張った池などに水鳥がいる風景は普通に見られるものだろう。

ほかの付合語を簡単に説明しよう。「敗軍《ハイグン》」は、『平家物語』に語られる、富士川の合戦で平家の軍勢が水鳥の飛び立つ音によって逃げ出したという故事からの付合語。「生田川《イクタ》」は摂津の国にある川で、二人の男に求婚された女が生田川の水鳥を射とめたほうに嫁ぐと約束したが、男たちはそれぞれに水鳥の頭と尾を射たため、女は悩んで投身自殺し男たちも後を追ったという説話による（『大和物語』）。「昆陽《コヤ》の池」も摂津の国にあり、『千載和歌集』巻第六・冬・権中納言経房「氷始結《はじめてむすぶ》といへるこころをよめる／をし鳥のうきねのとこやあれぬらんつららゐにけりこやの池水」の歌によって、水鳥の「をし鳥」（オシドリ）と結び付いている池の名である。「蓮池」はいかにも水鳥がいそうな所であり、画題に「蓮池水禽《れんちすいきん》」がある。

では、残る「かけ樋《ヒ》・二月堂・作る田・竜骨車」はどうして「水鳥」の付合語になっているのか。それは「水鳥」の同音異義語「水取り」と結び付くからにほかならない。「かけ樋」は水を引いて取る装置であり、「作る田」には水を引いて取ることが必要である。「竜骨車《りゅうこつしゃ》」は水田で使われる足踏み式の揚水装置の称。そしてここに「二月堂」も入っているのは、もちろん、宗教行事「お水取り」を介しての付合語である。

それに「沓」も、「水鳥」と連想関係にある。江戸時代初期の成立の、連歌用の辞書『随葉《ずいよう》集』冬の部に、

をしの鳴には　池のさゆる　岩根の水こほる　くつなどしぜんの付合なり
小やの池うかべるをしの一つがひ誰ぬぐくつの姿なるらん
をしどりはくつのなりに似たる故か

とあって、オシドリが沓の形に似ているから「をしの鳴」には「くつ」が「しぜんの付合」(おのずからなる付合語)なのだろうと言っている。その証として引用されている歌の出典は『正治初度百首』「冬」題の三宮惟明《これあきら》親王の詠(小異あり、初句・二句は本来「こやの池におりゐる鴨の」)で、近世の俳諧作者もよく参照した『夫木《ふぼく》和歌抄』や『歌枕名寄《うたまくらなよせ》』にも引かれる歌である。

そして俳諧の付合語辞典にも、

図1　オシドリ

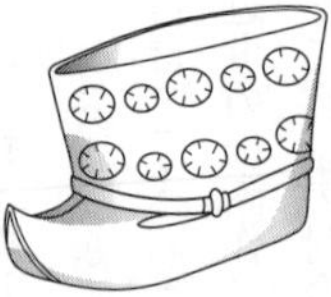

図2　沓の形

『便』沓《クツ》　○牛　馬　鴛《ヲシ》　（中略）　こやの池　（以下略）

『類』沓《クツ》　牛　馬　鴛　（中略）　こやの池　（以下略）

と「沓《クツ》」と「鴛《ヲシ》」の連想関係が登録されており、『類』の解説文には『随葉集』と同様に「こやの池におりぬる《（ママ）》鴨の一つがひたがぬぐくつの姿なるらん」が引用されてもいる。「鴛」にせよ「鴨」にせよ「水鳥」と言い換えることが可能であって、形状の類似によって「沓」と結び付いていたのだった。なお、「沓」が水鳥に似ているというのは、足指部分がはねあがった形の「沓」から来ているのだろう、現代でも神道や仏教の行事や雅楽の舞台などで見られる（図1・2参照）。

整理するならば、「水とりや氷の僧の沓の音」は、

A　水とり（水鳥）や…氷の……沓……

B　水とり（水取り）や……僧の沓の音

という二筋の連想のつながりを、掛詞「水とり」を句のかなめとして一句にまとめた発句であった。Aが和歌・連歌の伝統に沿った連想関係(雅)、Bが現実的で俳諧的な連想関係(俗)であって、「二月堂に籠りて」の前書があることでBが前景となり、Aはどちらかと言えば隠れて読み取りにくくなっている。芭蕉が「水とり」と半分仮名表記にしていたのには、「取り」と「鳥」のどちらか一つに限定させない意図があったと考えられる。

結局これは「奈良の東大寺二月堂のお水取りに参籠して、僧の行法の沓の音を聴きましたよ」(B)という実体験の報告と見せかけて、「そうそう、同じミズトリでも水鳥ならば、冬、氷った池にいるオシドリとかカモとかは、沓の形に似ているものですよね。水鳥は「氷の沓」ですな」(A)といった含みにも気付いてもらえるように、仕掛けが施されている発句である。

しかし、尾形仂氏のように、「氷の僧」の表現がお水取りの行法の厳しさをあらわす象徴性を獲得しているという見方もまた、捨て去ることができない。いかにも芭蕉らしい、詩性に対する鋭い嗅覚がそこにあることは確かである。ただし、芭蕉は「氷の僧」なる表現を、そもそも隠喩を作ろうとして発想したのではないと思われる。「水鳥」(A)と「水取り」(B)の二筋の連想の文脈を重ね合わせることで、「氷の僧」という非現実的で印象深い表現が偶然生まれてしまったのであり、その詩的な効果を発見したことが芭蕉の手柄なのである。

付け加えるなら、これは実は宗因流の俳諧から学んだ手法だったと思われる。宗因流は、言葉の関係性を駆使して、非現実的な、道理に合わない、時にはナンセンスな表現を生み出す点に特徴があった。右のように分析できるとすれば、「水とりや」の句が宗因流の影響下に成ったということは明らかだろう。

3 「しばの戸にちやをこの葉かくあらし哉」——たった一字の効果的掛詞

芭蕉発句「しばの戸に」

芭蕉の、「しゃれ」による〈あそび〉の発句の例をさらに挙げよう。次は、時期的には遡るが、延宝八年(一六八〇)、芭蕉三十七歳の時の発句、

しばの戸にちやをこの葉かくあらし哉 (『続深川集』)

である。「しば(柴)の戸」とはすなわち草庵のことで、具体的には深川の芭蕉庵を指しているだろう。この句は文としての構造が把握しにくい句だと言われてきた。たとえば、『新編日本古典文学全集 松尾芭蕉集①全発句』(堀信夫氏・井本農一氏注解、小学館、一九九五)は、この句を「草庵で茶を煮るために落葉を掻き集めていると、冬のあらしもまた木の葉を吹き寄せてく

れる」と訳しつつ、頭注において次のように述べている。

とにかく一句が「貧」のイメージの周りを縁どるように、「柴の戸」「茶」「木の葉掻く」「あらし」という、いずれもマイナスシンボルを持つ言葉で飾りたて、世塵を絶った生活の潔さを強調していることまではわかるが、その文脈把握の点についてはなお疑問が残る。

廣末保《ひろすえたもつ》氏は、そのように分かりにくい文構造にこそ芭蕉の意図があるという立場を取り、『芭蕉　俳諧の精神と方法』（平凡社ライブラリー、一九九三）において、

この句の面白さは「ちやを」ということによって、意識の流れを屈折させたところにある。草庵に木の葉を吹きよせてくるあらしのイメージがまず先行する。わびしく、ものがない草庵のさまを、そこによみとることができる。だが次の瞬間、それは、草庵にて「茶を」煮るためのものとして、新しく意識しなおされる。わびしくものがなしい抒情の直接的な表出であることをやめ、新しい意識のなかに対象化される。

と説いている。

だが、芭蕉の初期の作であることからしても、「意識の流れを屈折させた」といった発想以前に、芭蕉が言葉の技巧をこらしていると見るべきではないだろうか。ここにも掛詞が使われていよう。それは「こ」の一字である。「粉《こ》」と「木《こ》」の両義を込めていると考えられる。

その掛詞を接点に二つの文脈をつないだ発句として分析的に示せば、

A　しばの戸に　……木の葉かく嵐哉

B　しばの戸に　茶を粉……………

となる。Aは「草庵に嵐(強風)が吹きつけて、木の葉を掻き集めてくれます」ということ、Bは「草庵で茶を飲もうとして、茶を粉《こ》に碾《ひ》いております」ということ、AとBが「こ」たった一字の掛詞の働きによって一句に収められているものと見たい。さればこそ「こ」は仮名で書かれる必要があった。

ちなみに、茶園では晩春から初夏にかけて一番茶・二番茶・三番茶と茶葉を摘む。摘んだ茶葉を蒸してさまして乾燥させて茶壺に保存し、冬に茶壺の口を切り、茎や葉脈を除いた葉肉を茶臼で挽き、その粉を湯に溶いて「抹茶」「碾茶《ひきちゃ》」として飲むのである。「茶を粉」とは、「茶を粉に碾く」や「茶を粉にする」と言うべきところを、後半を略した表現と考えられる。

Ａが和歌・連歌的な話題（雅）であるのに対して、Ｂは俳諧の話題（俗）である。「水とりや」句と同様に、この句も俗と雅の二文脈を融合させた構造になっている。また、貧しい草庵暮しでは茶の湯を沸かす燃料として木の葉を用いるのだが、「嵐」が草庵の主を応援して「木の葉」を掻き寄せてくれる、と見立てている。この擬人的表現も俳諧である。そのような「嵐」の心を示すように、嵐のゴオゴオという音が茶臼のゴロゴロという低い音と共鳴しているといった感覚も込められているのではないだろうか。

以上をまとめて現代語訳すると、「草庵で茶葉を粉に碾いておりますと、木の葉まじりの冬の嵐が草庵に吹きつけます。この住まいの内と外で茶臼と嵐とは響き合い、嵐は、これを薪の代わりにせよとばかりに、木の葉を掻き寄せてくれるのです」というところか。

宗因に先行作あり

また、この句の背景には、宗因の先行作があった。延宝五年（一六七七）の刊行とされる『宗因七百韵』所収の発句、

葉《は》茶壺《ちゃつぼ》やありともしらで行《ゆく》嵐

である。旧暦の十月には、その年の茶を封印した葉茶壺の口を切る「口切り」の茶会が催され

るものだが、右の宗因の句は「口切りが近づいた十月のある日、我が手元に葉茶壺が秘蔵されているとも知らず、冬の嵐が吹きすぎて行く」という内容を詠んでいる。

この宗因発句にはさらに本歌がある。『新古今和歌集』巻第六・冬歌、「春日社歌合に、落葉といふことをよみてたてまつりし」と詞書のある前大僧正慈円の、

木《こ》のは散るやどにかたしく袖の色を有りともしらで行く嵐かな

（木の葉が散りかかる家で、私は一人、敷いた袖を紅葉と同じ紅《くれない》の色に染めながら涙を流して寝ているというのに、冬の山風は、その紅涙の色には気付かずに吹き過ぎることだよ。）

である。慈円歌は「木のは」が「嵐」（強風）で散ることを詠んでいた。宗因は、「ありともしらで行《ゆく》嵐」の語句をそのまま取り込みながら、「嵐」は茶壺の中の茶葉を知るまいと、本歌をひねって俳諧としたのである。

芭蕉は宗因に倣って嵐に吹かれる宿《やど》での茶事を詠んだ。ただし、宗因は嵐に対して高級な茶葉を秘匿していたが、芭蕉は貧窮生活の中でも茶を味わおうとして嵐の協力を得たのである。貧寒のポーズ「侘び」を決めて自賛してみせているのだ。こうした発想面での応用においても、宗因から芭蕉への影響関係が認められることに注意したい。

補足、芭蕉発句「摘《つみ》けんや」のこと

なお、成立年代は明確でないが、「しばの戸に」句の翌年の延宝九年（一六八一）までに、芭蕉は、

摘《つみ》けんや茶を凩《こがらし》の秋ともしらで
（『誹諧東日記《あずまにっき》』）

という発句を詠んでいる。『誹諧東日記』では春の部に入っていることから見て、晩春の一番茶の「茶摘み」がこの句の主題であると考えられてきた。春の句として解釈すれば、「茶の木にとっては秋の木枯らしに遭うようなものだ、春に葉が摘み取られてしまうのは。でも、茶を摘む女たちはそうとは知らない」というような意味であろう。

だが、この句にも、「茶を粉《こ》」が隠れている。その点に注目すれば、「凩の吹く頃になって、私は茶を粉に碾いて、この茶葉の摘まれた晩春のさまを思っている」という文脈が潜んでいると考えられる。「しばの戸に」句と「摘けんや」句は、同時期に詠まれ、「嵐」と「凩」という風の話題が共通していて、なおかつ「茶をこ」の掛詞が使われた、同工の作である。

問題は「秋ともしらで」である。前述のように、旧暦で初冬の十月にその年の茶葉を納めた茶壺の口を切るのだから、この句も「冬ともしらで」とありたいところだし、そもそも「凩」

は俳諧では普通には冬の季題とされていた。和歌・連歌における「木枯は秋か冬か」の議論を意識しているという注釈もある（前出『新編日本古典文学全集 松尾芭蕉集①全発句』）が、それが面白い趣向と言えるかどうか疑問である。結局のところ、「秋」のせいで解釈を詰め切れないのである。『誹諧東日記』の誤伝の可能性もあるし、また別の仕掛けがある可能性もある。困った句である。

4 「若葉して御《おん》めの雫《しずく》ぬぐはばや」――「抜け」の技法

「若葉して」の芭蕉発句

次に、貞享五年（一六八八）、芭蕉四十五歳の夏の発句、

招提寺鑑真《がんじん》和尚来朝の時、船中七十余度の難をしのぎたまひ、御目のうち塩風吹入て終《つい》に御目盲《しい》させ給ふ尊像を拝して
若葉して御《おん》めの雫《しずく》ぬぐはばや　（『笈《おい》の小文《こぶみ》』）

を取り上げる。鑑真和尚は、六八八年に生まれ七六三年に歿した、中国の唐代の僧である。平

城京に都を置いていた大和朝廷は、遣唐使を通じ揚州大明寺にいた鑑真に日本への渡航を懇願した。それに応え鑑真は五回日本渡航を企てたが、弟子らによる阻止行動や船の難破によって失敗をくりかえし、視力をも失った。ようやく六回めにして天平勝宝五年(七五三)十二月、薩摩に到達し、翌年平城京に入り、孝謙天皇の深い帰依を受けた。天平宝字三年(七五九)、唐招提寺を創建。同寺の御影堂(開山堂)に安置された鑑真和上座像は亡くなる直前の姿と伝えられ、印を結び目を閉じ端座している(図3)。国宝で、高さ約八十センチ、彩色の脱活乾漆《だっかつかんしつ》像である。

図3　唐招提寺鑑真和上座像

芭蕉発句の前書は、「唐招提寺の鑑真和尚が日本に来た時、船に乗って七十回を超す苦難をしのぎなさり、御目の中に潮風が吹き入ってついに視力を失われた、その尊い像を拝して」と言っている。発句「若葉して御めの雫ぬぐはばや」についての従来の解釈のうちから、周到な鑑賞によって支持を集めている井本農一氏の文章を引こう。

芭蕉が唐招提寺に詣でたのは、『笈の小文』の旅の途次で、旧暦四月九、十、十一日ごろであったろう。唐招提寺の奥手のやや小高いあたりに開山堂があり、鑑真の乾漆《かんしつ》像を安置しているが、そのあたりから裏山へかけては、みずみずしい若葉に埋もれていたと想像される。その新鮮な、したたるような緑の若葉で、尊像の御眼のしずくを拭おうというのである。芭蕉は、鑑真の生涯とその志を知り、深く感動したに相違ない。芭蕉ならずともだが、芭蕉はとくにこういう篤実な、一つの道に生涯をかけた人々を敬仰している。芭蕉は深い敬慕の念をもって尊像を拝した。尊僧の両眼は盲《めし》いている。あたりの若葉がみずみずしく新鮮であればあるほど、この尊像の盲いた両眼は痛ましい気がする。このやわらかい若葉であの御眼を拭ってあげたい、芭蕉は実際ほんとうにそう思ったのだろう。そういう実感の重味がこの句にはある。

（『鑑賞日本古典文学　芭蕉』〈角川書店、一九七五〉一四九頁）

この解釈は、芭蕉の鑑真に対する敬虔な思いの表出という捉え方で一貫している。

「若葉」にひそむことばあそび

しかし、二十一世紀に入ってから、山田あい氏の「「若葉して御目の雫ぬぐはばや」考――若葉の意味」（『会報　大阪俳文学研究会』四十一号〈二〇〇七年十月刊〉所収）という論考によって、斬新な解釈が提出された。その時山田氏は九州大学の大学院生で、その後高校の国語の先生をなさっていると伺っている。

山田氏は、季吟《きぎん》著で正保四年（一六四七）刊の、季寄せと発句の集『山之井《やまのい》』の、夏の部の「新樹《しんじゅ》」の項の、

真珠にとりなして見る目のくすりともいへり

（新樹の句の詠み方としては、真珠に取り成して「見る目の薬」と言い表したりもする。）

という記事、および、その具体例の発句、

夏山は目のくすり成《なる》しんじゅ哉

に注目した。この発句は、松江氏重頼《しげより》編で正保二年（一六四五）刊の俳諧辞書・句集『毛吹草《けふきぐさ》』の、夏の部の「新樹」題に載る、貞継《さだつぐ》という俳人の作であった。掛詞がよく分かるように「しんじゅ」とひらがなで表記して、「夏山は目の薬だ、「しんじゅ」（新樹／真珠）だものな」と、わりと単純な「しゃれ」を言っている。山田氏はそうした資料に基づき、

これによれば、目の薬とされていた「真珠（シンジュ）」を「新樹（シンジュ）」に掛けて詠む

ことがあったということがわかる。「夏山」の句はこの趣向を使っている。ここでの夏山の青々と茂った新緑と目の関係は、完全な言葉遊びである。

と述べる。さらに、当時、真珠の粉末が眼病の薬として用いられていたことを医書によって考証している(真珠の粉末を膏で練って目に付けるのだそうだ)。

山田氏による、芭蕉句についての解釈のまとめは次の通り。

鑑真和上の像を前にして、和上の来日までの苦難の数々を思った。その苦難のすさまじさを示すように、失明した両目はぴったりと閉じられている。ようやく念願叶って来日したときには、既に失明していたのだから、この日本の地も新緑も見ることができなかった。なんとかして、失明した目を治してさしあげたい。和上が命を懸けてまで熱望した日本の地を見せてあげたい。古俳諧以来「新樹は目の薬」だという。だから、この若葉で、その目を癒せたならば。

芭蕉は、「若葉」に鑑真の目を治してあげたいという願いを込めたと解したい。

納得のいく解釈である。つまりこれは「目の薬―真珠―新樹―若葉」という連想の経路が利用されている発句であった。ただし少々ひねって「真珠─新樹」の部分を抜いている。「抜け」と呼ばれる技法である。また、「目の薬」を直接そうと言わずに「御めの雫ぬぐはばや」と表現している。それでも当時、俳諧作者ならば理解可能な言葉のつながりだっただろう。ちょっと考えさせて「あ、そうか」と解かせて笑わせるのがこの発句の狙いだったと言えよう。その意味では「なぞ」（第四章で扱う）の技法の句とすべきかもしれない。

付け加えるならば、「新樹《しんじゅ》」は音読みの熟語であるのにそのまま連歌書に項目立てされる雅語で、たとえば明暦二年（一六五六）から寛文十年（一六七〇）の間に刊行された連歌の連想語辞典『竹馬集《ちくばしゅう》』では、「新樹」の類語が、

新樹《しんじゅ》　句作　木々の若葉　木々のわかみどり　若葉交《まじり》の花　夏木立　わか楓《かえで》
ときは木のわか葉　木草共ニ茂るは夏也

のように示されている。「句作《くづくり》」とは、その話題を連歌の句に詠む時には以下のような成語の形でも使うということである。「木草共ニ茂るは夏也」とは「木でも草でも「茂る」と言えば夏の季に扱われる」ということ。「新樹」は「若葉」「わかみどり」「夏木立」、それに「（木または草が）茂る」といった和語に言い換えられるものだったことが確認できる。

芭蕉の発句に、鑑真和尚の座像を拝しての崇敬の念が込められていたことは間違いなく、その芭蕉の思いをないがしろにして鑑賞するわけにはいかない。しかし、それはそれとして、連想語の展開を上手に隠した面白い句だったことも、また確かなのである。俳諧の作品には笑いを誘う要素——俳諧性——がなくてはならない。「若葉して」の発句においては、それは掛詞プラス「抜け」の技法を用いた点にあった。

芭蕉だって笑ってほしい

本章で解釈の例をいくつか引用したように、近現代の注釈は象徴性や思想性を重視し、対象に対する芭蕉の真率な態度を読み取ることに熱心であって、「しゃれ」の仕掛けを見ようとしてこなかったと言えるだろう。「水とりや」の句しかり、「しばの戸に」の句しかり、そして「若葉して」の句しかり。今日《こんにち》、「しゃれ」はダジャレとかオヤジギャグと呼ばれくだらないものとして蔑まれている感がある。だが、芭蕉の当時に「しゃれ」は俳諧の基礎であった。芭蕉発句の「しゃれ」に気付かず通り過ぎることは俳諧作品の過半を見ないことであり、ひいては芭蕉という俳諧師を見誤ることになるのではないか。

あえて言えば、それは近現代の俳句が「笑い」を遠ざけて、実景実情の写生を通じ真率な境地を詠もうとしてきたからにほかなるまい。現代俳句の評価軸で芭蕉を解釈してきた弊を、そろそろ脱すべきである。

芭蕉だって笑ってほしい、に違いない。

第二章　パロディ——古典の世界にあそぶ

1　出版メディアと古典の大衆化

月に吠えろ！

以前、『月に吠えろ！　萩原朔太郎の事件簿』（鯨統一郎著、徳間書店、二〇一七）という本を書店で見かけた時、「ヤラレタ」と感じた（ただし、「月に吠えろ」という言い回しは、中森明菜さんの歌った曲や、コミックのタイトルに先行例があるそうだ）。念のために説明すると、萩原朔太郎に一九一七年刊の詩集『月に吠える』がある。日本の近代詩の古典と言っていい。また、「太陽にほえろ！」は、昭和の後期（一九七二〜一九八六）に日本テレビ系列で放送された刑事ドラマのタイトルである。私も子供の頃に毎週視て楽しんでいた。刑事ドラマの古典と言っていいだろう。ジーパン刑事の「なんじゃこりゃあ」のセリフは、今でも単独でギャグのネタにされるほどである。

萩原朔太郎が事件捜査したら、うーんなるほど、『月に吠えろ！』だな、と。そういえば『月に吠える』の中には「殺人事件」という詩まであるし。

これは書名自体が上々のパロディになっている例であった。考えてみれば、書名で遊ぶのは、

『伊勢物語』に対する『仁勢物語《にせものがたり》』とか、『枕草子』に対する『尤草子《もつとものそうし》』とか、江戸時代初め頃にもよくあった方法だった。ともあれ、何らかの先行作品をパロディに利用する場合、古典と言われるような著名な作品であればあるほど、パロディの効果は高くなるものである。

古典文学の普及と芭蕉

江戸時代は出版というメディアの広まった時代である。芭蕉は寛永二十一年（一六四四）の生まれで足かけ五十一年の生涯だったが、それは京・大坂・江戸の三都で出版業者が徐々に増えて、人々に読書の機会を提供するようになっていった時期と重なる。芭蕉は、町人も読書できる時代の到来を生《なま》で体験したのである。それは、現在の私たちがわずかここ三十年ほどの間に、メール、インターネット、モバイル媒体という調子で情報革新を立て続けに体験してきて、なおもその変革の渦中にあることと、いくらか共通している（次に何が現れるのやら。もうとてもついて行けそうにない）。

さまざまな種類の出版物が世に出た中で、和文の古典文学の本は売れ筋であり、重要なジャンルの一つだった。その代表は『伊勢物語』と『徒然草』で、江戸時代の最初期からくりかえし出版されてきた。そして年代が進むにつれて古典文学出版物のバラエティも豊かになっていった。

中でも、芭蕉との距離が近い人物という意味で北村氏季吟《きぎん》の仕事を押さえておきたい。芭蕉より二十歳年上で、芭蕉が一時期俳諧の師とした季吟は、貞徳門の俳諧師として活躍するかたわら、古典研究者として注釈書を次々に出版した。『土左日記抄』（寛文元年〈一六六一〉）、『徒然草文段鈔』（寛文七年〈一六六七〉）、『湖月抄』（『源氏物語』の注釈書、延宝元年〈一六七三〉）、『枕草子春曙《しゅんしょ》抄』（延宝二年〈一六七四〉）、『伊勢物語拾穂《しゅうすい》抄』（延宝八年〈一六八〇〉、拾穂は季吟の別号）、『百人一首拾穂抄』（天和元年〈一六八一〉）、『八代集抄』（天和二年〈一六八二〉）、『万葉拾穂抄』（貞享三年〈一六八六〉）といった具合である。

　古典文学のテキストの普及を背景に、この時期の俳諧作者たちは、それを材料として俳諧の句を詠むことを試みた。特定の古典の知識が浸透してこそ、そのパロディが生きる。古典文学が民間にゆきわたるにつれ、そのパロディの効果が増したのである。

　そうした流れに棹を挿すことは芭蕉も例外ではなかった。あからさまに古典を利用している発句も少なくない。一例を挙げよう。貞享四年（一六八七）八月なかばに、芭蕉は月見を目的として鹿島へ短い旅をした。江戸に戻って、近くに住む友人の素堂《そどう》を招く発句を詠んだ。

　　蓑むしのねを聞《きき》に来《こ》よ草の庵《いお》　　（『素堂家集』）

「ね」は「音《ね》」であり、「蓑虫の鳴く音《ね》を聞きにおいで下さい。私の草庵（芭蕉庵）へ」と言っている。芭蕉は蓑を着ての旅から帰ったばかりだから、蓑虫は芭蕉自身の喩えである。季節は旧暦八月仲秋、「むしのね」が秋の季語。でも、蓑虫の鳴く音を聞いたことなんて、アリマスカ？　子供の頃に蓑虫の蓑を剝《む》いてみたら、小さな黒い芋虫が出てきたことを覚えている。「ミノガ」の仲間の幼虫である。鳴くわけがない。それが鳴くことにされているのは、『枕草子』第四十段「虫は」の中の記述によっている（引用は新 日本古典文学大系『枕草子』による）。

みのむし、いと哀《あはれ》也。おにの生みたりければ、親に似て、是《これ》もおそろしき心あらんとて、親の、あやしき衣《きぬ》ひききせて、「いま、秋風ふかん折ぞ来《こ》んとする。まてよ」といひおきてにげて去《い》にけるもしらず、風の音を聞きしりて、八月ばかりになれば、「ちゝよ、〳〵」とはかなげになく、いみじう哀也。

（蓑虫とってもかわいそう。鬼である母親が産んだから、母親に似てこいつも恐ろしい心があるだろうというので、（人間である）父親が、（鬼のコスチュームである蓑のような）粗末な衣を着せて、「もうすぐ、秋風が吹く。その時には戻ってきてあげるよ。待ってなさい」と言い残して逃げ去ったことも知らず、蓑虫は（七月に）秋風が吹き始めた音を聞いて父の言葉を思い、八月ともなれば「おとうさん、おとうさん」とはかなげに鳴くのが、とってもかわいそう。）

芭蕉は、清少納言が『枕草子』で「蓑虫が鳴く」と書いたことを踏まえて、八月仲秋という季節も意識しながら、自分も「蓑虫のように秋風に吹かれて鳴いております(句を詠んでいます)ので、草庵に聴きに来て下さい」と言っている。また、古典文学『枕草子』の味わいを、素堂さんよ、一緒に楽しみましょうよ、というメッセージも込もる。

この「蓑むしの」の句の例なら、古典文学で蓑虫を扱った作品と言えば『枕草子』だという、ある程度一般的な知識によって元ネタがすぐ割れる。だが、芭蕉が何かの文学作品を元ネタにパロディ句を詠んだとして、その時代には読者にすぐ分かる知識だったのに、三百と数十年後の私たちにはそのことがなかなか分からないという事態は、大いに有り得ることである。

極端なたとえを一つ。

現代日本では「この紋所が目にはいらぬか」という言い回しがよく使われる。多くの人々は、それが例のテレビ時代劇の決めぜりふだということを承知している。「紋所」という一語だけでもその元ネタが意識されるかと思われるほど、定着している。仮に、そうした言い回しを用いた文学作品が新たに書かれ、名作として評価され、三百数十年後の社会でも古典となって読まれ続けているとしたら、その言い回しの元ネタはあの時代劇であると、未来の読者にも分かってもらえるだろうか。その時分に黄門さまがまだ歩いているとは思われないから、いや、「テレビ」や「時代劇」が存在しているかどうかも心もとないから、その元ネタが忘れられている可能性はかなり高かろう。それはすなわち、未来にはその文学作品の表現意図が正しく理解されなくなる可能性がかなり高いということである(とたとえを挙げてみたが、試しに今の大学生に「この紋所が目にはいらぬか」と言ってみたところまるで通じなかった。嗚呼)。

作者と、時代を隔てた後世の読者との間にはそうした溝がある。遠い過去の作者が「通じて当然」と思っていた元ネタを、私たちは知らずにいるか、部分的にしか理解していないかもしれないのである。私たちが三百数十年前の芭蕉の発句に向き合う際にも、そうした状況を想定することが必要になる。芭蕉が古典文学や世間周知の書物に基づいて発想した発句でありながら、現代の私たちとそれらの距離が遠いために、その典拠が見えにくくなっている句なのではないか、と。

本章ではそうした発句を三句取り上げて、元ネタと思われる古典文学を指摘しながら、芭蕉の意図したパロディを読み解いてみたい。

2　「ゆふがほに米搗《こめつき》休む哀哉」——『源氏物語』と『枕草子』

『源氏物語』夕顔巻《ゆうがおのまき》

では、一つめの発句。元ネタの古典文学から紹介する。

『源氏物語』の第四の巻、「夕顔巻《ゆうがおのまき》」は、若き光源氏が恋の冒険を重ねていた頃を物語る。ある日、光源氏は乳母《めのと》の病気見舞いに京の下町の五条あたりに出かけた。乳母の家の隣家に咲いていた夕顔の花を随身《ずいじん》に折り取らせると、その家の女が扇に歌を書いて寄こしたので、源氏も歌を返した。それをきっかけにやがて関係ができた。八月十五夜、源氏はその「夕顔の女」の家に泊まり、明け方に近所のさまざまな物音や会話を耳にする。その場面から二箇所を引き、現代語訳を添える（引用は、新 日本古典文学大系『源氏物語一』によった）。

八月十五夜、隈《くま》なき月影、隙《ひま》多かる板屋残りなく漏り来て、見ならひたまはぬ住まゐのさまもめづらしきに、あか月近くなりにけるなるべし、隣のいゑ〴〵、あやしきしづのおの声〴〵、目覚まして、「あはれ、いと寒しや」「ことしこそなりはひにも頼むところ少なく、ゐ中の通ひも思かけねば、いと心ぼそけれ。北殿こそ、聞き給ふや」など言ひかはすも聞こゆ。①いとあはれなるをのがじしのいとなみに起き出でてそゝめきさはぐもほどなきを、女いとはづかしく思ひたり。

（八月十五夜、くもりなき月の光が、夕顔の宿の透き間だらけの板屋根から家の中全体に漏れてくる。源氏には、見慣れておられない庶民の住居のありさまも珍しいと思われたが、その上、明け方が近づいてきたのであろう、隣りあう家々では卑しい身分の男どもの声々が聞こえてくる。男どもは目を覚まして、「ああ、とても寒いなあ」「今年は商売でも、あてにできるような秋の実りのあるところが少なくて、田舎に出かける気にもなれないから、とても心細いよなあ。北のお隣さん、聞いていらっしゃるかね」などという会話が聞こえてくる。①とても哀れなそれぞれの生活のために、朝早くから起き出してごそごそ音を立てている。その物音もすぐ近くから聞こえてくるのを、夕顔の女は、とても恥ずかしく思っていた。）

しかし、夕顔の女は近隣の卑賤さを恥ずかしいと思う気持ちを表に出さない。源氏には女がのんびりとしているように見えて、かえって好ましく思われた。次に、そうした心理描写が書かれている後の、夕顔の女の家の近所の、明け方の物音を描写した部分を引く。

②こほ〱と鳴る神よりもおどろ〱しく踏みとゞろかすから臼のをとも枕上《まくらがみ》とおぼゆる、あな耳かしかましとこれにぞおぼさるゝ。何の響きとも聞き入れ給はず、いとあやしうめざましき音なひとのみ聞きたまふ。くだ〱しきことのみ多かり。白妙の衣《ころも》打つ砧《きぬた》のをともかすかにこなたかなた聞きわたされ、空飛ぶ雁の声、取り集めて忍びがたきこと多かり。

（②ごろごろと、カミナリよりもおそろしげな、唐臼を踏むことで起こる大きな音も、すぐ枕元からしく聞こえて、これには源氏も「ああ、うるさい」とお思いになったのだった。それが何の響きなのか理解できずに、とても不可解で不快な物音とばかり聞いていらっしゃった。ほかにも、いちいちここに書き出すのがいやになるようなことばかり。白い衣を打つ砧の音も、かすかに、あちらこちらから聞こえてきて、（砧といっしょに漢詩に詠まれる）空飛ぶ雁の声も聞こえる。さまざまな音が集まって、心は乱れてばかりだった。）

源氏が初めて接した庶民の町の朝のありさま。映画『ローマの休日』でアン王女がローマの街をお忍びで歩き、庶民の暮らしにとんちんかんな反応を示す場面に似た、コミカルな箇所である。江戸時代の読者も、庶民生活に対する貴公子の「いかにも」な感想を笑いながら読んだであろう。だからか、俳諧作者にとって、夕顔の宿は利用しやすいネタだった。

傍線部②の「こほ〱と鳴る神よりもおどろ〱しく踏みとゞろかすから臼のをと」の「から臼」（唐臼）について説明をしておくと、「臼を地面に埋め、挺子《てこ》を応用して足で杵《きね》の柄《え》を踏みながら、杵を上下し、米などの穀類をつくもの」（『日本国語大辞典』「からうす(1)」）である。それを「踏」んで「とゞろか」し、米か何かの穀類を搗いているというのである。

「米搗《こめつき》」の芭蕉発句の初案・再案

最初、『源氏物語』のこの箇所を元ネタにして、芭蕉は「米搗《こめつき》」の発句を詠んだ。天和初年

(一六八一)頃の執筆と推定される芭蕉の真蹟懐紙がある。『芭蕉全図譜』(岩波書店、一九九三)の図版No.51により、適宜濁点や振り仮名を加えて引用する。

朝顔寝言
わらふべし泣《なく》べし我朝顔の凋《しぼむ》時
昼顔剛勇
雪の中の昼顔かれぬ日影哉
夕顔卑賤
ゆふがほに米搗休む哀哉
泊船堂芭蕉翁

見ての通り、朝顔・昼顔・夕顔と、三種の花の発句を揃えた三句懐紙である。前書はそれぞれ「朝顔の寝言」「昼顔の剛勇」「夕顔の卑賤」と読むのであろう。朝顔と昼顔の句についてはここでは検討しない。

第三句、前書に「夕顔卑賤」とあれば、当時なら当然『源氏物語』の夕顔の宿が連想されたと思われる。「ゆふがほ」は、源氏が訪れた五条あたりの陋巷《ろうこう》に咲いていた花である。「米搗」

は、夕顔の女の宿で明け方に源氏が耳にした傍線部②「こほ〳〵と鳴る神よりもおどろ〳〵しく踏みとゞろかすから臼のをと」から、その陋巷に米を搗いている人がいると想定したのであり、「卑賤」の一端である。そして、傍線部①に「いとあはれなるをのがじしのいとなみ」(とても哀れなそれぞれの生活)とあったように、源氏は「卑賤」の人々の暮らしぶりを「いとあはれなる」と感じていた。それらを総合して、この発句は読者に『源氏物語』夕顔巻の作中世界に紛れ込む感覚をもたらすように作られている。

「ハッと気が付くと、そこは例の夕顔の宿のあたりで、米を搗く人が夕顔の花のそばで休んでいました。源氏が感じたとおり、なるほど哀れなものです」

と、読む者は芭蕉の手引きによって『源氏物語』の世界に瞬間トリップするのだ。

ただし、江戸時代には、「米搗」は職種の呼称でもあった。玄米を臼で搗き精米する労働者を言う。多くは市中を流して歩き、呼び止められては各家に据えられている唐臼を踏んで賃金を得た。杵を持ち歩いて石臼などで搗く場合もあった。得意先を持つ米搗であれば特定の家に定期的に米を搗きに来た。江戸の町には、北陸地方から新米の届く頃に出稼ぎに来る米搗が多かったという。

だから、この発句は江戸時代前期天和年間頃の、江戸の町でよく見かける光景としても説明できる。次のように。

「市中を流して歩き、一日じゅう唐臼の杵を踏んで働いた米搗が、夕刻、屋外の夕顔のそばで休んでいる哀れさよ。」

『源氏物語』夕顔巻と、芭蕉の当時の江戸の町と、どちらが主というのではない。古典文学と現実を二重映しに提示したことこそが芭蕉の作意であり、人を面白がらせる俳諧だった。

なお、この発句は貞享四年（一六八七）の秋に執筆された巻子本『あつめ句』（天理大学図書館蔵）にも採られている。『あつめ句』は、芭蕉が天和・貞享年間の自詠から三十四句を選んで春夏秋冬の順に編集し、芭蕉自ら清書して、弟子で経済的支援者の杉風《さんぷう》に贈った作品である。そこに採られたということは、この「米搗」の句が芭蕉にとっての自信作だったことを証しているだろう。ただし、その『あつめ句』に、前書はなく、

　ゆふがほに米やすむ哀なり

という不審な句形で記されていた。中七は「米搗やすむ」とあるべきところ、「搗」の字を芭蕉がうっかり書き落としたとしか考えられない。また、下五「哀哉」を「哀なり」と変えている。資料の成立年代順から言えば、この「ゆふがほに米〈搗〉やすむ哀なり」（一応〈搗〉を補っておくことにする）が再案ということになる。

しかし、「夕顔卑賤」の前書がなくとも上五に「ゆふがほ」とあれば『源氏物語』夕顔巻へ

考えにくい。

の連想は働くし、「哉」を「なり」としても夕顔巻の本文「いとあはれなる」とのつながりは切れず、むしろ近づくとも見られるので、この再案の段階で芭蕉自身の句解が変更されたとは考えにくい。

「米搗」の芭蕉発句の三案

だが、芭蕉の「米搗」の発句は、『あつめ句』執筆の翌年、貞享五年(一六八八)に刊行された不卜《ふぼく》編の俳諧撰集『続《つづき》の原』に、

昼顔に米つき涼むあはれ也

の句形で載せられたのだった。編者の不卜は芭蕉より十歳ほど年長の、芭蕉と長く親交のあった江戸の俳諧師である。なので、編者の杜撰《ずさん》のせいなどではなく、芭蕉自身の意志でこの句形にされたと判断できる。『続の原』所載句に前書はない。この句形が三案ということになる。「ゆふがほに……やすむ」を「昼顔に……涼む」とした点が大きな変更なのだが、この変更はどのような意図によるのだろうか。

まず、「ゆふがほ」をやめたということは、典拠を『源氏物語』夕顔巻から切り離したということにほかならない。そして考えられるのは、新たな典拠として『枕草子』を想定したので

はないかということである。『枕草子』の第四十段「虫は」は(引用は、新日本古典文学大系『枕草子』による)、

虫は、鈴むし。ひぐらし。蝶。松虫。きり〴〵す。はたおり。われから。ひをむし。蛍。

と、清少納言のお気に入りの九種類の虫の名の列挙から始まる。その後に、本章1節ですでに引いた、「みのむし、いと哀也《あはれ》」以下、鬼の子である蓑虫が秋風の音を聞いて父親を呼んで鳴くという話が続く。そしてその次に、

③ぬかづき虫、又あはれなり。さる心ちに道心おこして、つきありくらんよ。思かけずくらき所などに、ほとめきありきたるこそおかしけれ。

③(ぬかづき虫も、また哀れである。虫のくせに、仏様への信仰心を起こして、額を床に突いてはあちこちの仏様を礼拝して歩くのだろうよ。思いがけなく、暗いところなどに、ぴょこぴょこと跳ねながら歩いている様子なんか、面白いよね。)

と、「ぬかづき虫」のことが記される。さらにその後ろには「蠅」「夏虫」「蟻」が取り上げられてこの段は終わる。

図4　「叩頭蟲」
『和漢三才図会』

「ぬかづき虫」は、大きさ数ミリからせいぜい三センチ程の黒い甲虫《こうちゅう》で、あおむけになっても激しく屈曲しては跳躍して起き上がる。そのぴょこんぴょこんと繰り返し跳ね回る動きによって、「ぬかづき虫」なら仏への礼拝の動作（五体投地のような動作であろうか）と見ての異名、「米搗き虫」「米踏み虫」なら米搗き作業の動作と見ての異名が付いた。寺島良安の著書で、正徳五年（一七一五）の跋を持ち、同年を遡る三十年ほどの時間を掛けて編集されたという絵入り百科事典『和漢三才図会《ずえ》』には、「叩頭蟲」の見出しに「こめふみむし」「ぬかつきむし」という和訓の呼称が書き添えられている（図4参照）。『枕草子』の昔から「額突《ぬかづ》く」と見なされてきたその虫の動きが、江戸の前期には唐臼で「米を踏む」動きとも見なされていたことが分かる。江戸時代前期当時に「米搗き虫」とも呼ばれていたであろうことは、想像に難くない。

　三案は、表向きは「真昼間に市中で働く米搗が、昼顔の咲く（おそらくは唐臼のある町屋の裏庭のような）場所で涼を取っている姿は、哀れなものだ」という意である。そのように江戸市中の日常的な光景と見せかけながら、『枕草子』の「虫は」の段の傍線部③「ぬかづき虫、又あはれなり」とあったことを典拠として滑り込ませ、面白がっている。『枕草子』でも米搗き虫のことを「あはれなり」と言っていましたっけね、と、古典文学への連想を誘って日常卑近な景と重ねては興じているのである。なお、三案の下五「あはれ也」が、『枕草子』で繰り返し用いられる批評的表現であることも、その連想を助けていよう。米搗のような庶民の姿を描いてそこに古典文学を結び付けてみせたこと、またその両者の落差の大きさが、三案において意図された俳諧性だったと思われる。

なお、芭蕉が「昼顔」「涼む」という語句を選んだ意図を推測するなら、「夕顔」ではなくまして「朝顔」でもなく「昼顔」とすることで時間を夏の暑い日中に設定し、その上、単に「やすむ」とするのでなく、昼顔の咲く垣根ぐらいしか物陰のない暑い屋外で「涼む」とすることで、米搗の「あはれ」さを増そうとしたのであろう。

「米搗」の芭蕉発句の別解

しかし、この「米搗」の句について、芭蕉はまた別の句解をこの句に与えた形跡がある。三案と同じ句形のままに新たな前書を付けた資料があるのである。三案の別解と言うべきかもしれない。

祖師の自画賛

昼顔に米つき涼むあはれ也　翁

（『類柑子《るいこうじ》』）

『類柑子』は芭蕉の弟子の其角による俳諧資料の集である。其角は宝永四年（一七〇七）二月の末に亡くなったが、まもなく其角収集の資料および其角遺稿集『類柑子』が刊行された。同年冬の沾徳《せんとく》跋を持つ。右の発句は同書上巻の、夕顔の発句九句と昼顔の発句二句が並んでいる中にある。「祖師」とは中国禅宗の六祖・慧能《えのう》。唐代、六三八年生〜七一三年歿の禅僧で、五祖・弘忍《ぐにん》に入門して、「碓坊《たいぼう》」（米を搗く小屋）で米搗きに従事してのち、弘忍の法を継いだ。日本でも広く読まれていた禅宗史『五燈会元《ごとうえげん》』の巻一、慧能の伝を記す中に、八か月間「碓坊」で労働していたことが「便《すなわ》チ碓坊ニ入ル。杵臼《きゅうしょ》ノ間ニ労《ろう》ニ服《つ》イテ、昼夜ニ息《や》マズシテ、八月ヲ経《ふ》。祖、付授ノ時至ルコトヲ知ル」と書かれている（国立国会図書館蔵、寛永十二年〈一六三五〉刊の古活字版により、同書に書き込まれた訓点に従って読み下した）。この故事によって「六祖唐臼」は禅画の画題となっている。芭蕉はおそらく「六祖唐臼」図を描き、三案と同じ句形の発句を自画賛として添えたのであろう。其角はどうやらそのような懐紙を目にしていたらしい。ただ、その自画賛の成立した時期は明らかではない。

この前書が付された場合には、「米つき」とは六祖慧能の姿であり、「あはれ也」は禅の宗教的な感銘を表していたと解釈できる。

ここで思い合わされるのは、本章1節で触れた「蓑むしのねを聞《きき》に来《こ》よ草の庵《いお》」もまた、芭蕉が禅画の自画賛に用いていることである。土芳の『庵日記』によれば、貞享五年(一六八八)三月十一日に、芭蕉が伊賀の土芳の新築の庵を訪れて、

> 蕉翁面壁《めんぺき》の画図《がと》一紙、ふところより取出《いで》て、「是《これ》をこの庵のものにせばやと夜すがら書《かけ》るは」となり。その讃に、
>
> 　みのむしの音を聞きにこよくさの庵　　ばせを
>
> 則、おしいたゞきて「初五の文字を摘《つみ》て簑虫庵《さちゅうあん》と号すべし」と云へば、「よろし」と也。

(芭蕉翁は、達磨が壁に向かって座禅している姿を描いた絵を一枚、ふところから取り出して「これをこの庵のものにしてもらいたいと、夜すがら書いたのだよ」と言われた。その画賛には、「みのむしの音を聞きにこよくさの庵　ばせを」とあった。そこで、その一枚を押し戴いて「この発句の初五を採って、新庵に「簑虫庵」という号を付けさせて下さい」と私が言いますと、「よろしい」と言われた。)

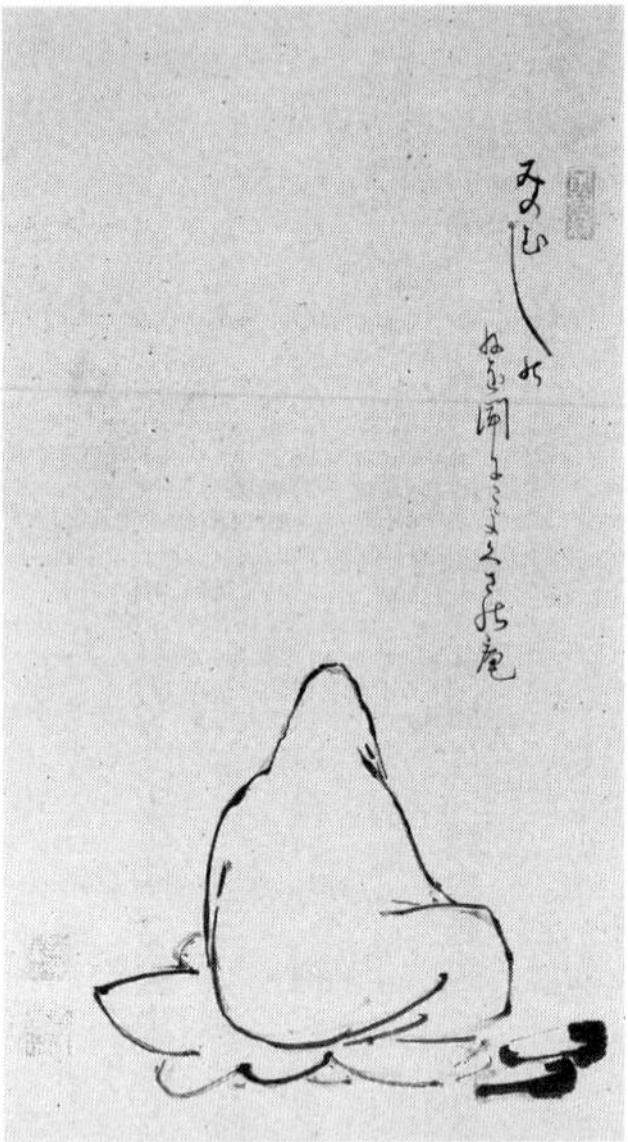

図5 「みのむしの」
芭蕉発句自画賛

という。その「蕉翁面壁の画図」は今日にまで伝えられている(図5参照)。

なぜ、達磨の図に「みのむしの」句が画賛として加えられたのか。それは、座禅する達磨の瞑想と「みのむしの音」という非現実の音とに、形而上学的な心理世界の事象という意味での共通性を認めたからであろう。さらには、同じ発句が、貞享四年(一六八七)十一月刊の其角編『続虚栗《ぞくみなしぐり》』には、

聴閑

蓑虫の音を聞に来よ艸の庵　　　芭蕉

と、「聴閑」(閑を聴く)の前書を付されて掲載されている。この前書からすればその心理世界は「閑」の一字で表される境地だったようだ。

『類柑子』が伝える「昼顔に」句の芭蕉自画賛も、達磨画賛と同じ時期、貞享四年から五年にかけて成ったのではないか。さらに想像するに、その頃の芭蕉は禅画に挑み、旧作の発句を自ら句解を変えて、画賛句として用いることを試みていたのではないだろうか。その試みには、「昼顔に」「蓑虫の」の両句がともに其角俳書では禅的な読み方を要求する前書を持つことから推して、其角が関与していたように思われる。其角は早くから鎌倉円覚寺の大顚《だいてん》和尚に参禅し、禅に心を寄せていた。

なお、米搗き虫(ぬかづき虫)と蓑虫は、『枕草子』第四十段「虫は」に採り上げられた虫という点でも共通していた。二つの画賛には、そのような『枕』つながりもあったものと思う。それから、禅との結び付きという意味では、『おくのほそ道』の「閑《しずか》さや岩にしみ入《いる》蟬の声」の「蟬」も、「閑さや」と表現されることから見て、芭蕉の意識の中で同じグループに属する虫だったのではないかと思われる。

3 「たこつぼやはかなき夢を夏の月」——『源氏物語』と『平家物語』

もう一つ、芭蕉が『源氏物語』を元ネタとして使い、それを別の機会にはほかの古典文学に差し替えた事例を取り上げる。

『源氏物語』明石巻《あかしのまき》

『源氏物語』第十三の巻「明石巻《あかしのまき》」で、光源氏は恋の醜聞《スキャンダル》によって失脚し、都から摂津の国の須磨に退去した。そして明石の入道に迎えられて、須磨より西の明石の地の館《やかた》に移った。明石の入道はもと播磨の国の国司ということになっているから、たとえて言えば兵庫県知事クラスの地方官僚だった人である。都に残してきた妻・紫の上に、源氏は歌を詠み送った（引用は新 日本古典文学大系『源氏物語二』によった。傍線部は、後述する芭蕉の発句に関係する語句）。

はるかにも思ひやるかな知らざりし浦よりをちに浦づたひして

（紫の上よ、遠い都にいるあなたのことを思っているよ。知らなかった須磨の浦から、もっと遠い明石の浦に、浦伝いに移って来て。）

明石の入道には、娘の明石君《あかしのきみ》を源氏に娶《めあ》わせたいという望みがあった。婚期を逃しそうな娘が、都から流れてきた貴公子と結ばれれば嬉しい。それでまず明石の入道は、四月の初めの衣更えの頃に源氏と語り合って、次のような歌を詠み交わした。

ひとり寝は君も知りぬやつれ〴〵と思ひあかしのうらさびしさを　（明石の入道）

（独り寝のつらさは、あなた（源氏）もご存じでしょう。（私の娘の明石君が）退屈な夜をこの明石の浦で物思いして明かす、その心の内と同様の。）

旅ごろもうらがなしさにあかしかね草の枕は夢もむすばず　（光源氏）

（旅して明石までやってきて、この浦のもの悲しさに夜を明かしかねております。旅先では安らかな夢を見られず、目覚めがちです。）

その後、四月の「十三日の月の花やかにさし出でたる」夜から、源氏は明石君のもとに通う。父親の明石の入道公認のもと、堂々と明石君の部屋に押しかけたのである。のちには二人の間に姫君が生まれた。さらにのち、姫君は后となって次の帝を産み、源氏に栄華をもたらすことになる。

芭蕉「蛸壺《たこつぼ》」の発句の初案

元禄三年(一六九〇)に芭蕉が書いたと推測される、『源氏物語』明石巻を利用した発句懐紙があるらしい。「らしい」と言うのは、真蹟とされる懐紙が『蕉翁遺芳』(同朋舎、一九七九)に写真版で掲載されているものの、現在その現物が所在不明だからである。

須广《すま》の浦伝ひしてあかしに泊る、其比《そのころ》卯月の中半《なかば》にや侍らん

たこつぼやはかなき夢を夏の月　　はせを

実際に芭蕉が須磨・明石を旅したのは貞享五年(一六八八)の四月の二十日前後のことで、二十日に明石ではなく須磨に一泊している。したがって前書の「あかしに泊る」はフィクションで、そこからもう『源氏物語』明石巻の世界に入りこんでいるのである。この前書と発句には『源氏物語』の傍線部が利用されている。すなわち、まず、紫の上へ宛てた源氏の歌の「浦づたひして」を前書に採りこんだ。「其比卯月の中半にや侍らん」は偽りとまでは言えないが、源氏が明石君のもとを最初に訪れた日時が連想されるように仕掛けている。そして、「はかなき夢」は源氏が歌に詠んだ独り寝の夢を思わせ、「月」は明石君にとって重要な局面の背景の、

初夏四月十三日の月に結び付く。これらの語句はみな、この発句を『源氏物語』と重ね合わせて読んでほしいというサインにほかならない。

　では、残る「たこつぼ」には、どのような作意が込められているか。

「壺」もまた『源氏物語』と関係の深い語と言える。物語の重要な登場人物に、桐壺更衣、藤壺中宮、梅壺女御（秋好中宮）の名がある。「壺」はほんらいは宮中の中庭のことだが、植え物の名で呼び分けられ、その庭に面した部屋で暮らす女性をも「～壺」と呼んだ。芭蕉が明石で『源氏物語』を思い起こしていたら、蛸漁の「蛸壺」が目に入ってきたのである。フフフ、と笑える軽いシャレ。私のような俳諧師には桐壺・藤壺・梅壺といった王朝の美女ではなくて「蛸壺」がお似合いなのさ、という気持ちなのかもしれない。さらに、明石の入道の「入道」が「蛸」の付合語だということも効かせているのだろう。『便船集』『俳諧類船集』ともに「入道」の付合語として「蛸《タコ》」を挙げている。

　なお、「～壺」を焦点に用いた類例を当時の俳諧に見出すことができる。

箱雛《はこひひな》桐壺の扉明《あけ》にけり　　立訓　（延宝九年〈一六八一〉成『誹諧東日記《あずまにつき》』）

　桃の節句に、当時としては高級な雛人形を出して飾る。収納してあった桐箱を、『源氏物語』になぞらえて「桐壺」と呼んだ発句である。

雛若《ひなわか》は桃壺の腹にやどりてか　　　挙白　（天和三年〈一六八三〉刊『虚栗《みなしぐり》』）

仮に「この可愛い雛人形はどこで生まれたの？」と訊かれたとして、「桃の節句なんだから、「桃壺」のお腹に宿っていたのじゃないかな」という答えに当たる発句。「桃壺」という、もっともらしい女性の名前を新たにこしらえたところが笑いのツボである。若干、エロチックですらある（そういえば、「桃から生まれた桃太郎」だって……）。

このように、「〜壺」の語を使って『源氏物語』世界を召喚することばあそびは、当時としては〈よくある手〉であった。その中で芭蕉が発見した「蛸壺」は、なかなかインパクトがある壺ではなかったか。

「蛸壺」の芭蕉発句の再案

だが、翌元禄四年（一六九一）七月刊行の『猿蓑』巻之二「夏」の部には、同じ句形が別の前書を付されて掲載された。

明石夜泊

蛸壺やはかなき夢を夏の月

また、『猿蓑』編集と同時期成立の『笈《おい》の小文《こぶみ》』にも、同じ前書、同じ句形で載った。『笈の小文』は、芭蕉が大津住の門人・乙州《おとくに》に見せて書写させ、芭蕉歿後十五年経った宝永六年(一七〇九)になって乙州が刊行した書物である。さきに挙げた真蹟懐紙の本文と、右の『猿蓑』(または『笈の小文』)の本文のどちらが先行するかは決めにくいが、仮に前者を初案、後者を再案として論を進める。

再案の前書「明石夜泊」(「明石の夜泊」と「の」を入れて読むのであろう)の意図については、金田《かなた》房子氏に詳細な分析があり(『芭蕉俳諧と前書の機能の研究』〈おうふう、二〇〇七〉第I部第三章の三「明石夜泊」)、ここからの説明は多くを金田氏の論によっている。

「夜泊」は、張継の著名な漢詩の題「楓橋夜泊」に倣ったものであり、その詩の一節に「月落ち烏啼いて霜天に満つ」とあるのをはじめ、漢詩の世界で「月」と密接に関わる語だった。また、明石はそもそも「泊《とまり》」に結び付く地名であり、かつ、古来月の名所だった。「明石夜泊」は、「明石の港に停泊した舟で夜を過ごした」という意(それもやはりフィクションだが)で、発句の「月」を強力に喚び起こす前書だった。

その上で、「はかなき夢」の語句は、『平家物語』の一節を踏まえていると読むことができる。最終巻「灌頂巻《かんちょうのまき》」の「六道之沙汰」の一節である。安徳天皇の母である建礼門院(平清盛の娘、徳子)は、壇ノ浦で入水するも海から引き揚げられ、今は京都の北の大原に隠棲している。後白河法皇の御幸《ごこう》を得て、建礼門院は自らの経験を語る(引用は、振り仮名を含めて、新日本古典文学大系『平家物語下』によった。傍線部は芭蕉発句に関わる部分)。

播磨《はりまノ》国明石浦について、ちッとうちまどろみてさぶらひし夢に、昔の内裏《ダイリ》には、はるかにまさりたる所に、先帝《センテイ》をはじめ奉て、一門の公卿・殿上人みなゆゝしげなる礼儀《レイギ》にて侍《さぶら》ひしを、都を出《いで》て後、かゝる所はいまだ見ざりつるに、「是はいづくぞ」ととひ侍《さぶら》ひしかば、弐位の尼と覚《おぼえ》て、「竜宮城《リウグウジヤウ》」と答《コタヘ》侍ひし時、「めでたかりける所かな。是には苦《ク》はなきか」ととひさぶらひしかば、「竜畜経《リウチクキヤウ》のなかに見えて侍《さぶ》らふ。よく〳〵後世をとぶらひ給へ」と申すと覚えて夢さめぬ。

(建礼門院の語り)私が壇ノ浦から護送されまして、播磨の国の明石の浦に船が着き、ほんの少しまどろみまして見た夢の話です。そこはかつての内裏よりもはるかにまさっている所でした。そこには安徳天皇をはじめとしまして、平家一門の公卿・殿上人が、みな格式張った装束で居並んでおりました。都を出て以来、こんな所は見たことがありませんでしたから、「ここはどこですか」とお尋ねしましたら、私の母の弐位《にい》の尼らしい声がして、「竜宮城」と答えがありました。それで、「すばらしい所ですね。ここには苦しみはないのですか」とお尋ねしましたら、「竜畜経の中に記されております。よくよく私たちの後世を祈って下さい」と言うと思われたのですが、そこで夢から覚めました。)

ちなみに『笈の小文』には、「蛸壺や」の発句と少し離れた最後の部分に、平家の女性たちとともに安徳天皇が海に身を投げる場面の描写がある。それも『平家物語』を典拠として読むための裏付けとなろう。

要するに、初案の典拠『源氏物語』を外して、再案では『平家物語』に典拠を差し替えたのである。それは前書の変更のみによっており、句形は変えていない。

また、再案の場合の「蛸壺」は『源氏物語』とからめたことばあそびではなくなり、「はかなき夢」を見る仲間(蛸)がいる場所を提示する機能を持たされた。蛸もまた竜宮城の眷属《けんぞく》の一つという意識もあるのではないだろうか。「はかなき」ものとして蛸壺の蛸を引き合いに出したところがこの句の俳諧となっている。

「蛸壺」の芭蕉発句のまとめ

あとまわしになったが、蛸壺漁と、夏の月のことを解説する。

瀬戸内海の蛸壺漁は夏が盛期だそうである。ある夏の日たまたまニュースを視ていたら、前日に沈めておいた蛸壺が漁船に続々と引き揚げられると、蛸どもは自主的に壺から滑り出て、甲板の上をツーッと移動して船倉に落下して行った。明石は蛸の主要な水揚げ港であり、港の周りには蛸料理を出す店が並んでいる。板に並べられたタコ焼きをダシ汁に浸して食べる「明石焼き」は、私にとって関西に行った時の定番の一品である。現代でも、明石と蛸は強力な連想関係にある。

また、夏の、満月前後の月は、空の低い軌道を通る。したがって、ほかの季節に比べ満月の出は遅く、沈むのは早い。夏の月に「はかなさ」を見ることは、空にある時間の短さを嘆くということである。

こうしたことを前提として、芭蕉の「蛸壺やはかなき夢を夏の月」について、解釈をまとめておこう。

初案も再案も「夏の蛸壺漁の季節、蛸壺に入って夢を見ている蛸は、夜が明ければ命を取られることも知らず、はかない夢を見ているだろう。はかなく沈む夏の月のような夢を」というところまでは同じ。ここまでは一句の表面的な解釈である。初案はそこに、『源氏物語』の「明石」巻の光源氏が見た、なかなか寝付けない旅寝の夢を喚び込んでいる。そして、『源氏物語』には桐壺とか藤壺とか梅壺とかいう美女が登場するけれど、私には「蛸壺」がお似合いだな、と芭蕉は冗談を言っている。「明石の入道」と「蛸」の連想も働いている。再案は、「明石夜泊」と前書を変えたことで建礼門院の見た竜宮城の夢を読者に想起させ、蛸の命と、夏の月と、海に沈んだ平家一門の命とが「はかなさ」において重なり合うように仕掛けている。蛸もまた建礼門院のように竜宮城を夢に見ているということかもしれない。

かくて、この「蛸壺」句の初案と再案は、同句形であるのに別々の古典のパロディとなっているわけだが、芭蕉にしてもそれらに優劣を付けることなく、時や場合や相手や、または句を載せる本によって、両案を使い分けていたのではないかと思われる。

4　「初雪に兎の皮の髭《ひげ》つくれ」――『徒然草』の注釈を通じて

『徒然草』と芭蕉

『枕草子』『源氏物語』『平家物語』と来て、芭蕉の時代によく読まれていた古典文学をさらに挙げるなら、やはり『伊勢物語』と『徒然草』であろうが、『伊勢物語』は別の機会に譲り、ここでは『徒然草』が芭蕉に及ぼした影響を取り上げることにする。

貞徳は著書『なぐさみ草』の中で「このつれづれ草も、天正のころまでは名を知る人もまれなりしが、慶長の時分より世にもてあつかふこととなれり」と述べている。天正は一五七三〜一五九二、慶長は一五九六〜一六一五の年号である。『徒然草』は江戸時代の到来前夜から広く世に取り沙汰されるようになった、言うなれば新しい「古典」であった。そして俳諧の典拠としても大いに利用された。近世期の『徒然草』享受については川平敏文氏に『徒然草の十七世紀――近世文芸思潮の形成』(岩波書店、二〇一五)ほか一連の研究がある。

『徒然草』を利用した俳諧の用例は、貞門・談林を問わず豊富に拾うことができる。発句のみならず連句の付合にも盛んに利用されている。芭蕉も、次の二つの発句などは『徒然草』の語句をわりと単純に採っている(ここ以降の『徒然草』の引用は、現代語訳ともども、小川剛生氏訳注の角川ソフィア文庫『新版　徒然草』〈二〇一五〉によった)。

　　菴《いおり》にかけむとて、句空が書せける兼好の絵に

秌《あき》のいろぬかみそつぼもなかりけり　　翁

(『柞原集《ははそはら》』)

(『徒然草』九十八段の、「一言芳談」からの引用の「後世を思はん者は糂太瓶《じんだがめ》一つも持つまじきことなり」による。「糂太瓶」は糠味噌を入れる瓶。「秋の空気の色の中にいる、この絵に描かれた兼好法師の暮らしぶりときたら、糠味噌壺さえも持たず一途に後世を願っている澄んだ境地と見える」という句意。)

十五夜

米くるゝ友を今宵の月の客　　　翁　（『笈日記』）

（『徒然草』百十七段の「よき友三つあり。一つには物くるる友、二つには医師《くすし》、三つには知恵ある友」による。「今宵十五夜の月見の会の客は、兼好法師の言うように米をくれる『よき友』です」という句意。）

この二句はともに元禄四年（一六九一）秋の句である。

あるいは『更科紀行』には、木曽路に同行した「奴僕」について「馬のうへにて只ねぶりにねぶりて、落ぬべき事あまたゝびなりけるを、跡より見あげて、あやうき事かぎりなし」と描写する箇所があるが、これは『徒然草』第四十一段の「五月五日、賀茂の競馬《くらべうま》を見侍りしに……かかる折に向ひなる楝《あふち》の木に法師の登りて木の股についゐて物見るあり。取りつきながらいたう睡《ねぶ》りて、落ちぬべき時に目をさますこと度々なり」のくだりを利用している。

それから、元禄元年（一六八八）十二月五日付の尚白《しょうはく》宛て芭蕉書簡には路通を紹介して「松もとにてつれぐ〵をよみたる狂隠者」と言う。芭蕉は、近江の膳所《ぜぜ》近郊の松本で『徒然草』の講釈をしていた路通と知り合ったらしい。芭蕉にとって『徒然草』は、そのように講釈師に接するというような環境もあって、ごく身近な古典であった。また、『徒然草』の本文だけが芭蕉ら俳諧作者の引用元だったとは限らず、『徒然草』の講釈や注釈書を通じて知られるようになった語句や故事も、俳諧の素材となった可能性に気をつけたい。いわば『徒然草』が知識のダムのように働いたと思われるのである。

そのような見方から、次に芭蕉発句の一事例を検討する。

「兎の皮の髭《ひげ》」とは何か

元禄三年(一六九〇)一月十七日、芭蕉は故郷の伊賀にいて門人の杜国《とこく》宛ての手紙を書いた。それは『芭蕉翁真蹟拾遺』に収録されて伝わる。その中に、

　　山中の子供と遊ぶ
　初雪に兎の皮の髭《ひげ》つくれ

という発句が書き留められていた。前年冬の句で、前書の「山中」とは伊賀を指すと見られる。「兎の皮の髭」の解釈において、従来の諸説は分かれている。少し挙げよう。加藤楸邨《しゅうそん》氏は、子供らが雪兎を作ったのに対して「雪で髭を作り添えよ」と言ったという解を示す(『芭蕉全句下』筑摩書房、一九七五)。山本健吉氏は、初雪の中遊ぶ子供らを兎と見て「兎の皮で髭を作れ」と言ったと解する(『芭蕉全発句』河出書房新社、一九七四)。尾形仂氏は、当時の盆踊りの時一般

的だった「作り髭」の風俗を指摘し、兎の毛皮を着て雪遊びする子供らに向かい「作り髭」を付けてみよと言ったとの解である（『俳句の可能性』所収「俳句の読み」、角川書店、一九九六）。いずれもすっきりしない解のように思える。それは、「雪」と「髭」の関係性を押さえていないからではないだろうか。「雪」が「髭」の白さを比喩的に表している例を挙げる。

白雪やむさ〳〵髭に残すらん　（『宗因千句』）

（「来る春や」百韻の51句め。前句「かすんだつらや山賤《やまがつ》の体《てい》」。句意は「そいつはむさむさとしたむさくるしい髭に白雪を残している（＝白い髭をのばしている）」。）

髭の雪連歌と打死になされけり　素堂（『誹枕』）

（豊かな髭のある宗祇像を詠んだ句で、「宗祇公の白い髭は雪のようだ。ああ、連歌と討ち死になさったのだ」の意。）

逆に、「雪」を「白髭」と見る場合もあった。

降かゝる雪やしらがのぜう（尉）が髭　（『崑山集』）

（無記名の発句。「降りかかる雪で顔が白くなったさまは、まるで老人の白い髭のようだ」という見立ての句。）

しらひげの明神さまか雪の松　（同、長頭丸（貞徳）の発句）

（「近江に白髭明神の社があるが、雪が積もって白くなった松の木は、まさしく白髭の明神さまではないかいな」の意。）

芭蕉はこの後者、「雪が白髭のようだ」という発想をひねって、実の雪で似せ物の髭を作れと言っているのではないか。つまり、雪で遊んでいる子供らに向かい、雪だまりに飛び込んだり雪玉を投げ合ったりして顔を雪まみれにして遊べということではないか。そうすれば白い兎の毛皮みたいな髭ができるぞ。「初雪によって兎の毛皮のような髭をつくれ」の意を、隠喩にして表現していると読みたい。その髭の白さを具体的に表し、かつ、雪を喜んで遊ぶ子供らのイメージに重なるものとして、「兎」はなるほどふさわしい素材と言えるだろう。

なおこの句は、其角の編んだ俳書、元禄三年（一六九〇）四月刊『いつを昔』には、「雪の中に兎の皮の髭つくれ」として載る。また、去来が芭蕉歿後十年ほどして書いた俳論書『去来抄』では「雪の日に兎の皮の髭つくれ」となっている。芭蕉は後に「初雪に」の「初」の要素を外したようだ。それは、「初雪」はわずかにしか積もらないと詠むのがお約束なので、伊賀の山中ならいざしらず、ふつう顔が雪まみれになるほど降るとは言えないと思い直したか。

兼明親王《かねあきら》の「兎裘賦《ときゅうのふ》」

だが、これで一件落着とはならないのである。宇田零雨《うだれいう》氏・東浦佳子氏編『芭蕉語彙』（青土社、一九八四初刊、改訂版二〇〇七刊）に、古典文学の典拠の指摘がある。

うさぎのかわ《兎《うさぎ》の皮《かは》》詞　兎《うさぎ》の裘《かはごろも》。魯の隠公が菟裘《ときう》に隠居して作った兎裘賦の和称。転じて閑居の賦。醍醐天皇の皇子兼明親王薨去の時、天皇、親王の御子伊陟卿《これたか》に、親王生前の事を問ひ給ひしに、兎の裘を翫ばれた由を奏上した。天皇、命じて献ぜしめ給ひしに、それは親王の作られた兎の裘の賦であつたといふ記事が十訓抄に見えてゐる。
【発句】雪の中に兎の皮の髭作れ（いつを昔）
【書翰】山中の子供と遊ぶ　初雪に兎の皮の髭作れ（万菊丸宛）

この指摘に若干補足しながら、「兎の皮」の持つ特殊な意味を確認してみよう。「菟裘《ときゅう》」（菟は兎に通ずる）は本来魯の国の地名であった。『大漢和辞典』「菟裘」に「魯國の邑《ゆう》名。泰山梁父縣の南。公羊傳、塗裘に作る。魯の隠公が隠居しようとした所。轉じて、隠棲の地」とあり、〔左氏、隱、十一〕〔史記、魯周公世家〕ほかの典拠を掲げている。『芭蕉語彙』の「魯の隠公が菟《と》裘《きう》に隠居して作った兎裘賦」の部分には誤認があって、「兎裘賦」は本朝の兼明《かねあきら》親王（永延元年〈九八七〉に七十三歳で歿、前《さきの》中書王・小倉親王とも）による文章であり、平安時代の詩文の粋を集めた『本朝文粋』巻一に収録されて著名であった。

「兎裘賦」なる題の由来は賦の序に述べられている。新 日本古典文学大系『本朝文粋』の訓み下しによって「兎裘賦」の序を引く。

余《われ》亀山《かめやま》の下《ふもと》に、聊《いささ》か幽居《いうきよ》を卜して、官《くわん》を辞し身《み》を休《きう》し、老《おい》を此《ここ》に終《を》へんと欲《おも》ふ。草堂《さうたう》の漸《やうや》く成《な》りぬるに逮《およ》びて、執政者《しつせいしや》に、枉《ま》げて陥《おとしい》れらる。君《きみ》昏《くら》く臣《しん》諛《へつら》ひて、愬《うた》ふるに処なし。命なるかな天なるかな。後代《こうたい》の俗士《しよくし》、必《かなら》ず吾《われ》を罪《つみ》するに其《そ》の宿志《しゆくし》を遂《と》げざるを以てせん。然《しか》れども魯《ろ》の隠《いん》兎裘《ときう》の地を営《いとな》みて老《お》いなんと欲ひて、公子翬《こうしき》に害《そこな》はる。春秋《しゆんじう》の義《ぎ》、その志《こころざし》を賛《たす》け成《な》して、賢君《けんくん》となせり。後来《こうらい》の君子《くんし》、若《も》し吾を知《し》る者あらば、これを隠《かく》すなけん。因《よ》りて賈生《かせい》が鵩鳥賦《ふくてうのふ》に擬《ぎ》して、兎裘賦《ときうのふ》を作り、自《みづか》ら広《ひろ》む。

新 日本古典文学大系の注を参考にして解説すると、兼明親王は次のように言っている。

私は、京都西郊嵯峨の亀山の麓に居を造り隠棲を志した。しかし「執政者」＝藤原兼通《かねみち》によって無実の罪に陥れられた。帝（円融天皇）は愚昧で臣下はへつらうばかり。私が隠棲の志を遂げられなかったことを後の世の人は非難するだろうが、魯の隠公も兎裘の地に隠棲する志を持ちながら公子翬《き》に害せられたものの『春秋左氏伝』によって賢君と評された。そのように、後世の君子には私の真意を明らかにして欲しい。そこで、賈生《かせい》(賈誼《かぎ》)の「鵩鳥賦《ふくちょうのふ》」(『文選』所収)に擬して「兎裘賦」を著し、鬱屈を晴らすのである。

この序に、兼明親王が自らの境遇を悲しみ傷む長い「兎裘賦」が続く。それは古来名文とされ、とくに漢詩と和歌のアンソロジー『和漢朗詠集』の巻上「蘭」に抜粋された、

扶桑豈無影乎　浮雲掩而忽昏
叢蘭豈不芳乎　秋風吹而先敗
兎裘賦

扶桑豈《あ》に影無からんや　浮雲掩ひて忽《たちま》ちに昏《くら》し
叢蘭《そうらん》豈に芳しからざらんや　秋風吹て先《ま》づ敗る
中書王

の一聯は周知のものだった。

『十訓抄』の伊陟卿《これただきょう》の逸話

それにしても「君昏《きみくら》く臣諛《しんへつら》ひて」とはおだやかではない。この悲憤の語句が、後に生じた別

の逸話の焦点となる。それは『芭蕉語彙』も引く『十訓抄』の、下巻「第十　才芸を庶幾《しょき》すべき事」の第一話である。新編日本古典文学全集『十訓抄』（小学館、一九九七）より引く。

中納言右衛門督《うゑもんのかみ》伊陟卿《これただきやう》は、二品《にほん》中務卿《なかつかさきやう》兼明《かねあきら》親王の御子なり。村上《むらかみ》の御時、近く召しつかふるあひだ、主上《しゆしやう》仰《おほ》せられていはく、「故宮《こみや》はつねに、なにごとをかせられし」。伊陟、「菟《うさぎ》の裘《かはごろも》とかや申すものをこそ、つねはもてあそばれ侍りしか」と申されければ、「さだめて伝へられたるらむ。一見せばや」と仰せごとあり。「やすく候ふ」とて、後日に封《ふう》付きける文を、一巻もて参《まゐ》られたり。主上は裘などにやとおぼしめしけるに、文なり。開き御覧《ごらん》じけるに、

君昏臣諛、無レ所二于愬一　（君昏《くら》く臣諛《へつら》ひて、愬《うつた》ふるに所無し）

といふ句あり。文盲《もんまう》のあひだ、これを知らず、取り出《いだ》し給へりけり。さる才芸の人の御子にも、かかる人おはしましけり。兎裘賦《ときうのふ》といふ名をだにも、知り給はざりけるにや。

（中納言右衛門督伊陟卿は、二品中務卿兼明親王の御子である。*村上天皇の御時、帝近くにお仕えしていた折、帝がおっしゃった。「故宮（兼明親王）はいつも何をなさっていたか」。伊陟は「菟の裘とかいうものをつねづねもてあそんでおりました」と申し上げた。帝は「きっとおまえの家に伝えられているだろう。見たいものだ」とおっしゃった。伊陟は「お安いご用です」と言って、

後日、封の付いた文書を一巻持って参上した。帝は裘などかと思し召していたが、文書であった。開いて御覧になったところ、

君主は暗愚で臣下はへつらうばかり、我が苦しさをどこにも訴えられない。

という句があった。伊陟卿は文に暗かったために、こんなことが書かれているとは知らずに持って来なさったのだった。兼明親王のように才芸ある人の御子にも、こんな人がいらっしゃった。伊陟卿は「兎裘賦」という題名さえもご存じではなかったのであろう。）

＊村上帝は円融帝の二代前の帝で、ここは『十訓抄』が誤っている。正しくは一条帝か。

兼明親王の子の伊陟卿は文が読めず、障《さわ》りある語を含む父の遺文を主上の御覧に入れた。才ある人の子にも愚かな人はいるものだ、という逸話である。

ここまでをまとめておくと、「兎裘」の語は本来は中国の戦国時代の魯の隠公が隠居して住もうとした地名だが、日本の兼明親王が「兎裘賦」を著し『本朝文粋』に採られたことにより、「退隠するためにととのえた住まいのある場所」を象徴的に意味する成語として日本で広まった。また、その賦のことは『和漢朗詠集』や『十訓抄』によっても知られていた。

『徒然草』第六段の「前中書王《さきのちゅうしょおう》」の注釈

だが、『和漢朗詠集』の焦点は漢句の聯の対《つい》の妙であり、『十訓抄』は伊陟卿の愚昧が中心的話題であって、「兎裘」の語の意味が詳しく説かれているわけではない。かといっておおもとの『本朝文粋』が芭蕉ら俳諧作者によく読まれていたとも思えない。『芭蕉語彙』の指摘は、成語「兎裘」がいかにして芭蕉とその周辺の人々の知識に入ったかの説明を欠いていた。

そこには『徒然草』がひと役買っていたと思われる。第六段前半に次のようにある。

我が身のやんごとなからんにも、まして数ならざらんにも、子といふものなくてありなん。前中書王・九条太政大臣・花園左大臣、みな族《ぞう》絶えんことを願ひ給へり。

(自身が高貴な身分でも、いわんや人の数にも入らぬ場合、子というものはなくてよかろう。前《さきの》中書王《ちゅうしょおう》こと中務卿兼明親王《なかつかさきょうかねあきらしんのう》・九条太政大臣信長《のぶなが》公・花園《はなぞの》左大臣有仁《ありひと》公、みな一族が断絶することを願われた。)

そして江戸期の注釈書の多くに、右に出る「前中書王」に関わって「兎裘」の説明がなされる。たとえば、芭蕉の俳諧の師・季吟の『徒然草文段鈔』(寛文七年〈一六六七〉刊)には、「前中書王」兼明親王の紹介をしてから『十訓抄』の記事を引き、「うさぎのかはごろもの賦《フ》」について「左伝に魯《ロ》の隠公菟裘《インコウトキウ》といふ所に隠居し給へる事を。兼明なぞらへ給ふ御心有てかき給へり し菟裘賦《トキウノフ》といふ」（『春秋左氏伝』に、魯の隠公が「菟裘」という所に隠居なさったことが書かれている が、兼明親王がそれになぞらえなさる御心があってお書きになった文章を「菟裘賦」という）とある。

芭蕉が発句に「兎の皮」を詠み込んだ背景には「兎裘」の語があったと考えられる。そして その知識は『徒然草』注釈書を通じて得た可能性が高い。ならば、「初雪に兎の皮の髭つくれ」 とは、表向きは前書に言う「山中の子供」に「雪まみれになって兎の皮のような白い髭をこし らえるよう勧めています」と解せるのだが、裏の含みとして、「私もまた子供に帰って雪遊び をし、老人にふさわしく白髭の顔になりますのですが、さても「兎のかわごろも」には「隠居 の地」の意味がありまして、私もそろそろこの山中の故郷、伊賀に隠居して生涯を終えたいと 思うのです」と、芭蕉自身の退隠の志を言おうとしたのではないだろうか。そこには、童子ら と喜戯する隠者通有のイメージが込められているようでもある。

この句が詠まれた元禄二年（一六八九）の冬の芭蕉は、数え年で四十六歳、陸奥《みちのく》から北陸道の 長旅を果たしての伊賀帰省中だった。「もう故郷に帰って暮らそうか」という気持ちが兆《きざ》して いたとしても無理からぬタイミングであり、年齢だったと思うのである。

第三章　「もじり」から「なりきり」へ——謡曲であそぶ

1　教養としての謡曲

謡曲をふまえた漱石のダジャレ

漱石の「倫敦《ロンドン》消息」は、一九〇一年四月、ロンドン留学中の漱石が友人の子規に宛てて三通送った長い手紙を、子規が雑誌『ホトトギス』に「日記体」の小品として載せた文章である。その「一」通め。漱石のロンドンの下宿では起床を促す合図と朝食の支度ができた合図とで、毎朝二回「銅羅《どら》」が鳴らされるという。一つめと二つめの間に漱石は身支度を調えるのだが、そこに次のような一節がある（『漱石全集　第十二巻』〈岩波書店、一九九四〉によった）。

そこでノソ〳〵下へ降りて行つて朝食を食ふのだよ、起きて股引を穿きながら子《ね》にふし銅《ど》羅《ら》に起きはどうだらうと思つて一人でニヤ〳〵と笑つた。

傍線部、一読して、何のことやら分からない。だが、『漱石全集』の清水孝純氏による注解につけば、その意味と、漱石が一人でニヤニヤと笑ったわけが分かる。

謡曲の『野守』や『摂待』にある「子《ね》に臥し寅に起き」の「寅」を「銅羅」にもじった洒落。なお「子」は午前零時で「寅」は午前四時。

漱石先生、謡曲の文句をひねったフレーズを思いついてひとり悦に入《い》っていたぞな、もし。もちろん漱石に謡《うたい》の心得があってのダジャレだが、それを子規にも通ずるものとして書き送ったということから、彼らのあいだで謡曲が基礎教養だった様子が分かる。

そのように、漱石や子規の語彙のひきだしには、謡曲の小道具がふんだんに入っていた。つい一二〇年ほど前の青年たちのはなしである。現代のわれわれのほとんどにはそれがないから、悲しい哉《かな》、彼らの謡曲ネタの冗談にもピンとこないのだった。

小謡《こうたい》の浸透

芭蕉も、俳諧のネタとして謡曲を使いこなした。その点で芭蕉と漱石は地続きである（そういえば漱石は俳人でもあった）。だが、われわれと芭蕉・漱石のあいだには深い谷がある。

芭蕉の生まれ育った一六〇〇年代なかばは、寺子屋の浸透などによって初等教育の普及した時代である。その教育現場では、「小謡《こうたい》」と呼ばれる、謡曲の謡い所・聴き所のダイジェスト版が教材として用いられた。それはいわば、国語プラス歴史プラス音楽の教材であった。そしてまた、芭蕉よりも一世代前の連歌師・俳諧師の宗因《そういん》(本書序章参照)は、謡曲調俳諧を得意とした。芭蕉が一時期宗因流の俳諧の影響を強く受けたことも、謡曲利用の背景として重要だろう。

その宗因の独吟の「関は名のみ」俳諧百韻(寛文十三年〈一六七三〉刊『宗因千句』所収)に、次のような付合《つけあい》(連句において連続した二句)がある。

岩間《いわま》々々をつたふ小うたひ
跡先《あとさき》にかへる尾上《おのえ》の寺子共《てらこども》

寺子屋に通う子供たちが、今日教わった「小うたひ」を口々に謡いながら下校する声が聞こえてくるようである。「小うたひ」はいわば江戸時代の小学唱歌であり、大人になっても機会あれば脳裏にすぐよみがえる言葉の刻印であった。宴席で酒がまわれば「小うたひ」の合唱だ。そのようなわけで、その子供たちが成長した時代の俳諧にとって、謡の文句取りは理解・共感を得やすい有効な方法だったのである。宗因のもとで俳諧を修行した惟中《いちゅう》の証言によれば、万治年間(一六五八〜一六六一)頃から謡の文句取りが流行ったという(『近来俳諧風躰抄《ふうていしょう》』中)。惟中いわく「（謡曲は）俳諧のためには連歌の源氏になぞらえて宝とす」（連歌にとって『源氏物語』が素材の宝庫であるように、謡曲は俳諧にとって素材の宝庫である）。芭蕉の弟子の其角もまた「謡《うたい》は俳諧の源氏なり」と言っている（『雑談集《ぞうたんしゅう》』）。
ところが残念ながら現代のわれわれにはふつう、謡曲の文句を摂取した俳諧の句をすばやく察知することは困難である。その文句取りを見逃していては、笑いの要素のない句としか読めなくなってしまう危険がある。

芭蕉の出発点は謡曲の文句取り

さて、芭蕉が数え年で二十一歳だった寛文四年（一六六四）に刊行された、松江氏重頼《しげより》の編による俳諧撰集『佐夜中山集《さよのなかやましゅう》』に、

月ぞしるべこなたへ入《い》らせ旅の宿　　伊賀上野　松尾宗房

という発句が載っている。宗房は芭蕉の若い時の名乗りで、読み方は「むねふさ」「ソウボウ」両説ある。この句は謡曲「鞍馬天狗《くらまてんぐ》」を利用している。「鞍馬天狗」は、鞍馬山の大天狗が牛若丸（のちの源義経）を連れて花の名所を飛行して見めぐり、翌日には兵法の奥義《おうぎ》を授けるという大筋の曲である。前半、鞍馬山の西谷の僧たちが東谷の花を見に来て宴会をしていると、不

作法な山伏が現れて邪魔をする。それで牛若丸ひとりを残して僧たちは引きあげる。牛若丸は山伏（実は鞍馬山の大天狗）に向かいおのれの悲運を嘆く。その場面で、鞍馬山中の春の花盛りの夕べが、次のように語られる（以下、謡曲の引用は、断らない限り、振り仮名を含めて、岩波書店の新日本古典文学大系『謡曲百番』によった）。

松嵐花の跡訪《と》ひて、松嵐花の跡訪ひて、雪と降《ふ》り雨となる、哀猿《あいゑん》雲に叫《さけ》むでは、腸《はらわた》を断《たつ》とかや、心凄《すご》の気色や、夕《イふべ》を残す花のあたり、鐘は聞《き》こえて夜《よ》ぞ遅《をそ》き、奥《をく》は鞍馬《くらま》の山路《やまみち》の、花ぞ知《し》るべなる、こなたへ入《いら》せ給へや。

（松の木に吹き付ける強風が花の咲いた後《あと》の桜にも訪れ（くりかえし）、花びらは雪のように降り雨のように落ちてくる。猿が雲に叫ぶ悲しい声は人に断腸の思いをさせるというが、今眼前には心をぞっとさせる景色がひろがる。散り残る花のあたりはほの明るく暮れ残り、鞍馬寺の鐘が聞こえて夜が更けてゆく。この景色の奥のほうは暗い鞍馬の山道であって、桜の花こそが道しるべである。花の咲くこちらへ入っておいでなさい。）

芭蕉は傍線部の文句取りをして、字余りの発句「月ぞしるべこなたへ入らせ旅の宿」の十八音のうち、「ぞしるべこなたへいらせた」の十二音を謡曲から取り込んでいる。そして謡曲の

「花」を「月」と取り替え、「た」を一文字の掛詞にして「旅の宿」と続けた。「たび」には「賜《た》び」も掛かっている。句の意味は「今夜の明るい月が道しるべです、こちらの宿へお泊まりなさってくださいな」。このようにして、街道の宿場で月が輝きはじめる暮れ時に聞く客引きの言葉を、謡曲めかした発句に仕上げたのである。ここには「鞍馬天狗」の筋や情趣は生かされておらず、文句取りこそが俳諧の勘どころであった。このような文句取りが当時流行の謡曲調俳諧であり、若い芭蕉もその流行を追うことに熱心だったのである。

この発句は、同じ『佐夜中山集』に収められたもう一句「姥桜《うばざくら》咲くや老後の思ひ出《いで》」とともに、芭蕉の俳諧の経歴上、成立年時の確実な最初の発句である。芭蕉の俳諧は謡曲の文句取りから出発したと言っても過言ではない。

2 「から崎の松は花より朧《おぼろ》にて」――「鉢木」のもじり

「から崎の松」の芭蕉発句・初案

芭蕉の若い頃から最晩年に至るまで、謡曲を利用した発句は枚挙に暇《いとま》がない。ここでは、貞享二年(一六八五)、芭蕉四十二歳の春の発句を取り上げて、その時期の芭蕉の謡曲利用のあり方を見てみようと思う。

その春、いわゆる『野ざらし紀行』の旅の途中、芭蕉は近江の国の湖南で俳人の千那《せんな》と尚白《しょうはく》に会っている。千那は芭蕉より七歳年下、堅田の本福寺の僧で、大津市街の本福寺別院に在住することもあったようだ。尚白は芭蕉より六歳年下で大津在住の医師だった。四十年後の享保十年(一七二五)に刊行された俳書『鎌倉海道』には、芭蕉と千那による次のような発句・脇句の応酬が伝えられている。同書は千那の俳諧の弟子の千梅《せんばい》が師の三回忌追善のために編んだものである。

からさきの松は小町が身の朧《おぼろ》　芭蕉
山はさくらをしほる春雨　千那

この芭蕉発句の典拠が謡曲「鸚鵡《おうむ》小町」であることは明白である。「鸚鵡小町」は次のような筋の曲である。百歳《ももとせ》の姥《うば》となった小野小町は近江の国関寺《せきでら》あたりをさすらっていた。陽成院から遣わされた新大納言行家は、衰え果てた小町を見て、「雲の上は有し昔にかはらねど見し玉だれのうちやゆかしき」(宮中は昔と変わりませんが、かつてそこに暮らしたあなたは、玉簾の内を今も恋しく思っているのではないでしょうか)と歌を詠む。小町は、「ただ一字にて」返歌すると言って、「雲の上は有し昔にかはらねど見し玉だれのうちぞゆかしき」〈前半の訳省略〉私は玉簾の内を今も恋しく思っております)と「鸚鵡返し」の歌を詠んだ。

曲の前半部で、近江の国関寺から見える風景が、小町の境涯と絡めて次のように描かれる。

立出《たちいで》見れば深山辺《みやまべ》の、立出見れば深山辺の、梢にかかる白雲は、花かと見えて面白や、松風も匂ひ、枕に花散りて、それとばかりに白雲の、色香面白き気色《けしき》かな、北に出《いづ》れば湖の、志賀唐崎《からさき》の一松《ひとつまつ》は、身の類《たぐひ》なる物を、東に向かえば有難《ありがた》や、石山の観世音、勢多の長橋は狂人の、つれなき命の、かかる例なるべし。

(立出でて見れば、志賀の奥山の梢にかかる白雲は、花かと見まがうようで面白い。松風も美しく匂うほど、枕もとに花びらが散ってきて、花の盛りかと思わせる、白雲の色香が面白い気色《けしき》ですよ。関寺あたりから北に出れば、湖の西岸、志賀唐崎《からさき》の一松《ひとつまつ》は、小町の身の上とよく似て孤独な姿で立っています。東に向かえば、有難《ありがた》や、石山の観世音の寺が見えます。その近くの勢多の長橋は、狂人となった小町の死のうとしても死なれない命の長さと、長いという点で似た者どうしでしょう。)

大津市唐崎、琵琶湖西岸の湖水のすぐそばに立つ松は、歌枕「唐崎(辛崎)の松」として古来著名である。「唐崎」は近江八景の一つ「唐崎夜雨《からさきのやう》」でも知られている。芭蕉が湖南に来て

「鸚鵡小町」を利用して発句を詠んだのは、もちろんご当地の曲だからである。

「から崎の松は小町の身と同じく独りだと謡われるが、なるほど老いて孤独なもと美女・小町の身の上のように独りで立ち、奥ゆかしくもぼんやりと、「おぼろ」に見える」

と芭蕉は発句を詠んだ。千那の脇句「山はさくらをしほる春雨」は、

「山では春雨が桜の花を萎《しお》れさせている」

という意。この脇句は「鸚鵡小町」に謡われる「深山辺《みやまべ》」の「花」の話題を取り込みながら、同じく老女小町を扱った謡曲「関寺小町」の、小町の描写「花萎《しお》れたる身の果《は》てまで」によっている。発句の「小町が身」に応じ、小町が主役のまた別の曲の語を使って「さくらをしほる」と言ったのである。

「から崎の松」の芭蕉発句・再案

ところが、芭蕉は同じ貞享二年の五月十一日、江戸の芭蕉庵から千那に宛てて手紙をしたためて、「愚句其元《そこもと》ニ而《て》之《の》句、「辛崎《からさき》の松ハ花より朧《おぼろ》にて」と御覚可被下候《おんおぼえくださるべく》」（私の句、あなたのところでの句、「辛崎の松ハ花より朧にて」に改めますので、ご承知置き下さいますよう）と伝えている。

そして実際、貞享二年の夏以降にまとめられた『野ざらし紀行』には、

湖水の眺望
から崎の松は花より朧にて

として載る。また、元禄二年（一六八九）刊の俳諧撰集『曠野《あらの》』にも同じ句形で載った（前書はなし）。これが再案であり、初案は捨てられたと言って良いだろう。

ただ、尚白が貞享四年（一六八七）に編集・刊行した『孤松《ひとつまつ》』には、「辛崎の松ハ花より朧かな」という句形で載っていて不審である。尚白が勝手に修正してしまったと考えられる。

再案には再案で、典拠と見られるまた別の謡曲がある。その曲を指摘したのは、幸田露伴であった。すなわち、露伴著『評釋曠野下《ひようしやくあらの》』（岩波書店、一九四八）に、

古来種々の雑説有れども、これは湖水眺望せる眼前の景を云ひて、謡曲鉢木《はちのき》に、松はもとより烟《けぶり》にて、といへる句あるより斯《か》く云ひしのみ。

と言っている。芭蕉の発句は謡曲「鉢木」の文句取りだという。指摘されてみると、俳諧としての面白さはなるほどその点にかかっていたことを認めずにはおれない。「松は……より……にて」という語の組み合わせによって「鉢木」が連想されるようにできている。

謡曲「鉢木」とは次のような曲である。上野《こうずけ》の国に住む佐野源左衛門常世《つねよ》は、大雪の夜、一人の旅の僧を泊めた。薪に事欠く常世は秘蔵の鉢の木の梅・桜・松を火にくべてもてなした。そして「いざ鎌倉」という緊急時には真っ先に鎌倉に馳せ参ずる覚悟を語る。僧、実はかつての執権、西明寺入道北条時頼。数年後、幕府の非常召集があって常世が鎌倉に馳せ参ずると、時頼は旅泊の恩に報いて常世の本領を安堵《あんど》し、さらに梅・桜・松にちなむ土地を所領として与えた。ドラマ「水戸黄門」にまでつながる「権力者のお忍びの旅」の話の祖である。

「鉢木」に関わって、芭蕉には元禄六年(一六九三)に詠まれたと推測される発句、

古将監《こしょうげん》の古実をかたりて
月やその鉢木の日のした面《おもて》　(『翁草』)

がある。この句には門人の沾圃《せんぽ》が脇句「旅人なればおりからの冬」を付けている。沾圃は芭蕉より十九歳年下の俳諧の弟子で、宝生《ほうしょう》流の能役者・宝生左太夫重世《しげよ》である。前書の「古将監」とは沾圃の父の宝生重友《しげとも》の通称だった。前書は、芭蕉が若い沾圃に対してその父親の演能を見た思い出を語り、この発句を詠んだということだろう。「した面《おもて》」とは能面を付けずに演技することで「直面《ひためん》」に同じ。「鉢木」のシテの佐野源左衛門常世は「した面」で演ずることにな

っているという。この句は「あなたのお父さんの古将監が、鉢木を演じた日の、能面を付けない顔の表情はあたかも月の面《おもて》のようで、印象に残っています」という挨拶句と解釈できる。その古将監重友は貞享二年(一六八五)八月十三日に亡くなっており、芭蕉が「鉢木」の能を見たのはそれ以前ということになる。芭蕉が「辛崎の松ハ花より朧にて」句を報じた書簡は同年の五月十一日付であったから、芭蕉がかねて「鉢木」の印象を深く心に刻んでいて、「から崎の」句にその詞章を用いたという時系列の想定に無理はない。

「松はもとよりけぶりにて」

ここで、常世が、愛してやまない梅・桜・松の三つの鉢の木を火にくべる場面を、国立国会図書館デジタルコレクションに公開されている、江戸時代初期の写本『[謡本]鉢木』の画像によって引用しよう。

捨人《すてびと》のための鉢の木きるとてもよしやおしからじと、雪うちはらひてみればおもしろやいかにせん。まづ冬木よりさきそむる、まづ冬木よりさきそむる、窓の梅の北面《ほくめん》は雪封《ほう》じてさむきにも、こと木より先《まず》さきだてば、梅をきりやそむべき、みじといふ人こそうけれ山里の、おりかけがきの梅をだに、情なしとおしみしに、今さら薪になすべしとかねておもひきや。さくらをみれば春毎《ごと》に花すこしをそければ、此木《この》やわぶると心をつくしそだてしに、今は我のみ侘《わび》てすむ家ざくらきりくべて、火桜《ひざくら》になすぞかなしき。扨《さて》松はさしもげに枝をため葉をすかしてかゝりあれとうへ置し、そのかひ今は嵐吹《あらしふく》、松はもとよりけぶりにて薪《たきぎ》となるもことはりや、切くべて今ぞみかきもり衛士《えじ》の焼火《たく》は御ためなり、よく寄《より》てあたり給へや。

（「行脚のお坊さまのために鉢の木をきるとしても、決して惜しくはございません」と、鉢の木の雪をうちはらって見れば、鉢の木に心引かれて、どうしたものか。まず、冬木のうちから咲き始める、窓べの梅、北側の窓の梅は雪がふさいで寒い折でも、ほかの木より早く咲き始めるのだから、梅の木を最初に剪《き》ろうか。山里の、梅の枝を剪ってきて垣根にした、その花が咲くのをわざわざ眺めたりはしないと言う人は話し相手にならない。私はその垣根の梅の花さえ「かわいそうだ」と惜しんできたのに、この秘蔵の梅の木を、今さら薪にして燃やしてしまおうなどと、考えたこともなかった。桜を見れば、春毎《ごと》に開花が少し遅いだけでも、「この木は弱っているのかな」と心をつくして育ててきたのに、今、私ばかりが侘しく住んでいるこの家の、鉢に植えた家桜を剪って火にくべて、緋《ひ》（火）桜《ざくら》にしてしまうのは、悲しいなあ。さて、松は、こんなにも心を尽くして枝をため葉を剪りすかして、趣きがあるようにと植えて育てた。その甲斐も今はなくなった。強く風が吹きつける松、松はもともと煙なのだから薪《たきぎ》となるのも道理なのだ。松を剪り、火にくべて、今、みかきもり衛士《えじ》の焼火《たく》のように火を燃やすのは、あなたの御ためです。さあ、近く寄って火にあたって下さい。）

盆栽愛好家であれば涙なくしては聞けない詞章であろう。傍線部について補足説明するならば、遠くの松の木がぼんやりぼやけて見えるさまは和歌以来「煙」に喩えられるものだった。たとえば、古くは平安時代、紀貫之がすでに、

すみのえの松のけぶりはよとともに波のなかにぞかよふべらなる
（住の江の岸の、煙のようにぼんやりした松の枝の続く風景は、時代を経るに従って、波の中にまでつながっているかのように見える。）

と歌に詠んでいた（『古今和歌六帖』、『貫之集』）。以後も和歌や連歌に用例多数あり。こうした発想を踏まえての「松はもとよりけぶりにて」（そもそも松は煙なのだから）の言葉である。常世はそのように口にすることで自らを説得し、鉢植えの松への愛惜の心を押し殺そうとしている。

「云《いい》かへ」・「かざし詞」について

芭蕉の発句の再案について言えば、結局のところ、「から崎の「松は」、その近くの志賀の山の桜の「花よりおぼろにて」」という句である。句意が面白いというよりも、「鉢木」の「松はもとよりけぶりにて」の、いわばもじりとなっている点が俳諧としての面白さなのである。「もとより」を「花より」に、「けぶり」を「おぼろ」に取り替えて、それでいて口調は似通っている点こそが要《かなめ》だろう。謡曲のもじりという点では、本章はじめに引いた漱石のダジャレ「子《ね》にふし銅《ど》羅《ら》に起き」と同類である。付け加えれば、「けぶり」は火のある所に立つ煙の意味のほかに、漢詩文に多い表現として大気中の水蒸気などのために景色がぼんやりと見えることを言う場合があり、そうした「けぶり」は「おぼろ」と通じ合うという点も大事だろう。

芭蕉の当時にはこうしたもじりの手法を「云《いい》かへ」と呼んでいたようだ。伊予松山の曙舟《しょしゅう》が天和元年(一六八一)に刊行した俳論書『詠句大概』に「云かへ云かけの事」という項があり、具体例が挙げられている。たとえば、同書の挙げる、

糠《ぬか》そゝぎ遥《はるか》に落《おつ》る滝津桶《たきつおけ》

茄子《なすび》にまじる瓜《うり》のむら立《だち》

の付句のような作が「云かへ」の良い例だろう。これは、『続古今和歌集』巻第十八・雑歌中の土御門院の歌「いなみ野や山もとほくみわたせば尾花にまじる松のむらだち」(「いなみ野」は「印南野」と書く播磨の国の歌枕)の傍線部を「云かへ」たのである。漬物桶に糠を注ぎ込むさまを大きな滝に見立てた前句に対して、その桶の中で茄子と瓜が混じり合っていると、古歌のもじりで付けて(漬けて？)いる。

ちなみに、江戸時代後期になるとこのようなことばあそびは、江戸では「地口《じぐち》」、上方では「口合《くちあい》」と呼ばれて戯笑的文芸の重要な要素となった。

ところで、芭蕉発句と「鉢木」のつながりが、後世見えにくくなったのにはわけがある。江戸初期、「松はもとよりけぶりにて薪となるもことはりや」の詞章を、徳川家が本姓「松平」であることに憚《はばか》って、「松はもとより常磐《ときわ》にて薪となるは梅桜」と謡う場合があったという。「松」はいわば徳川将軍家を象徴する木だから、「松はもとよりけぶり」とおおっぴらに謡うのはまずいという意識である。そこで松だけは火にくべず、梅と桜ばかりを犠牲にすることにしてしまった。ストーリーを損ずること甚だしい。日本古典文学大系『謡曲集下』(横道萬里雄氏・表章氏校注、岩波書店、一九六三)の補注によれば、「貴人の姓氏などに遠慮して文句を改めることを「かざす」と言い、改めた文句を「かざし詞」と称する」そうである。

「煙《けぶり》」と謡われればこそ芭蕉の作意は生きるはずだったのに、「松はもとより常磐にて」と謡われては、謡曲「鉢木」と芭蕉の発句の「松は花より朧にて」との距離が開いてしまう。この発句が謡曲の「云《いい》かへ」であることが見失われてきた要因は、そのような徳川家への「かざす」意識、つまり忖度《そんたく》から謡曲の本文が改変されてしまったことにあったと言える。ひるがえって、露伴の慧眼には感心させられる。

「鉢木」利用句と、芭蕉の「云かへ」の句

なお、「鉢木」の利用は芭蕉の独創だったというわけでもない。当時の俳諧に、複数の類例を拾うことができる。ここには発句の一例だけ挙げる。

左義長《さぎちょう》の松はもとより煙哉　天満　有次　（明暦二年〈一六五六〉成立『夢見草』所収）

「左義長」とは正月の「どんど焼き」、松の枝を火に投ずる時に「松はもともと煙だからな」と、「鉢木」の常世の真似をするという俳諧である。この句は「松はもとより煙」をストレートに謡曲から取っている。明暦以降二十数年のあいだ、地域的には大坂を中心に、このような、成句「松はもとより」の利用が流行った。ただし、「煙にて」と「常磐にて」の二種の詞章のどちらを取るかは、俳諧の作者によって二派に分かれていたようだ。

ここで、謡曲をもとにした「云かへ」の技巧に注目して芭蕉の初期の発句を少々拾い、簡単に解説を添えてみよう。

京は九万九千くんじゆの花見哉　（『詞林金玉集』）

＊寛文六年（一六六六）以前の作。「京は九万九千」とは、京都の家の多さを「九万九千軒」と言い習わすことから。そして「九千くんじゆ」は「貴賤群集《きせんくんじゅ》」の「云かへ」。「貴賤群集」は謡曲に頻出の語で、とくに「西行桜」「小塩《おしお》」では花見の賑わいの表現に用いられている。

大裏《だいり》雛《びな》人形天皇の御宇《ぎょお》とかや　（『江戸広小路』）

＊延宝六年（一六七八）の作。謡曲「杜若《かきつばた》」の「仁明《にんみょう》天皇の御宇《ぎょお》かとよ」の「云かへ」。

艶奴《エンナルヤツコ》今やう花にらうさいス　（天和二年〈一六八二〉三月二十日付、木因宛て芭蕉書簡）

＊「艶奴」は着飾った伊達《だて》者の中間《ちゅうげん》。「らうさい」は江戸初期に流行った弄斎節《ろうさいぶし》のこと。謡曲「敦盛」の「今様朗詠声々に拍子を揃へ声をあげ」か、「住吉詣」の「童随身其時に、お酌に立ちて慰の、今様朗詠す」によって「云かへ」たのだろう。

あるいは、謡曲以外でも、古歌による「云かへ」の発句がある。

初瀬にて人々花を見けるに
うかれける人や初瀬の山桜　（『続山井』）

＊寛文七年（一六六七）の作。『千載和歌集』や『百人一首』によって著名な、源俊頼の「憂《う》かりける人を初瀬の山おろしよ激しかれとは祈らぬものを」の、「憂かりける人を初瀬の山」までを取って一文字替えた「云かへ」。

このように、「云かへ」は芭蕉が初期によく用いた技巧であった。右の四例に「から崎の松」の発句を並べるとそれがもっとも遅い作ということになるが、「艶奴《エンナルヤツコ》」句から見てわずかに三年後だから、「鉢木」の「云かへ」であることを否定するだけの時間差があるとは言えないだろう。

ただ、芭蕉はさらに後年に、「から崎の松」の発句について語る時には謡曲「鉢木」との関係を封印し、新しい解釈を説くようになる。それは、謡曲を「云かへ」る技法が古くさくなったからだろうと思われる。その新しい解釈については、「古池」句とも関連するので、第五章

3節であらためて触れることにしたい。

3　「木《こ》のもとにしるも膾《なます》も桜かな」——「西行桜」のやつし

譜《ふ》点《てん》を記した前書を持つ発句懐紙

「云かへ」は芭蕉にとって比較的若い頃の、貞門や談林の俳諧から学んだ技法だった。年齢が加わるに従って、芭蕉の謡曲利用の方法は変化した。

その意味で、貞享年間（一六八四～一六八八）の後半以降に芭蕉が複数書き残している、ちょっと変わった発句懐紙が注目される。それは、謡曲の一節を譜《ふ》点《てん》とともに引用して発句の前書とした懐紙である。譜点とは謡い方を示す記号で、「ゴマ点」「声点《しょうてん》」とも呼ばれる。つまり楽譜付きの懐紙であり「この発句は謡のこの部分をBGMにして鑑賞すべし」という趣向と思われる。『芭蕉全図譜』（岩波書店、一九九三）にはそのような懐紙が全部で六点収載されているが、そのうち同じ発句のものが二点ずつ二組あるので、発句の数では四句である。曲は「西行桜」と「梅枝」の二曲に限られている。発句の成立年代順に整理して示せば次の通り。説明のためにA～Fの符号を付けた。〈　〉内の算用数字は『芭蕉全図譜』における図版の整理番号である。

A〈84〉発句「観音のいらかみやりつ花の雲　はせを」、前書の謡曲は「西行桜」の一節。
＊貞享三年（一六八六）春の発句。「観音のいらか」は江戸の浅草寺のこと。
B〈94〉発句「花のくもかねはうへのか浅くさか　はせを」、前書の謡曲は「西行桜」で、Aとは別の一節。
＊貞享四年（一六八七）春の発句。「うへの」は上野の寛永寺、「浅くさ」は浅草寺を指す。
C〈95〉内容はBに同じ。

D〈113〉発句「たび人とわが名よばれむはつしぐれ　はせを」、前書の謡曲は「梅枝」の一節。
＊貞享四年冬の発句。東藤《とうとう》という尾張の俳諧作者による旅人の絵の画賛。
E〈114〉前書と発句の内容はDに同じ。ただし、Dと違って絵はない。

F〈230〉発句「木《こ》のもとにしるも膾《なます》も桜かな」、前書の謡曲は「西行桜」の一節でB・Cと同じ箇所。
＊元禄三年（一六九〇）春、伊賀上野の風麦亭での俳諧興行の発句。

以上の六点である。発句の成立時期からすると芭蕉は貞享三年春にそうした趣向を始めたと考えたくなるが、句が詠まれてすぐにその懐紙が染筆されたとは限らないので、「そのような趣向は貞享三年に始まる」と定めるのには慎重でなければならないだろう。

「西行桜」を用いた前書

ここから、AからFまでをその順序で取り上げてゆく。まずは、「西行桜」を利用した発句懐紙、A・B・Cについて。図版によってご覧いただけるような、謡曲の詞章の右側のゴマ粒のような点々や「下」などの文字が、譜点すなわち謡い方の指示である。

謡曲「西行桜」の舞台は京郊外の西山にある西行の庵、季節は春の花盛り。都の男たちが西行庵の桜を見に押しかけ、閉口した西行は「花見むと群れつゝ人の来るのみぞあたら桜の咎《とが》にはありける」(花を見ようとして人々が群れを成してやって来ることだけが、残念ながら桜の咎であったよ)と歌を詠む。その夜、西行の夢に老木の桜の精が現れ、西行の歌に反論しつつ、西行とともに洛中洛外の花の名所尽くしに興ずる内に、夜が明けて西行は夢から覚める。

Aは「毘沙門堂の花盛、四王天《しおうでん》の栄花《えいが》も、是《これ》にはいかでまさるべき。うへなる黒谷、下河原、むかし遍昭《へんじょう》僧正のうき世をいとひし花頂山、鷲の深山《みやま》の花の色、枯にしつるの林まで、おもひしられて哀なり」という詞章を譜点付きで前書にして、発句、

観音のいらかみやりつ花の雲

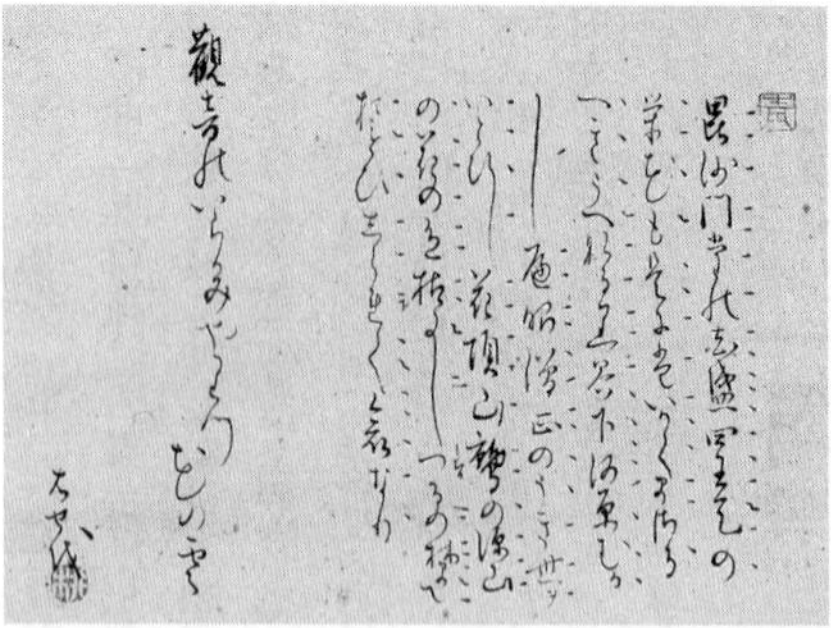

図A 「観音の」
謡前書付発句懐紙

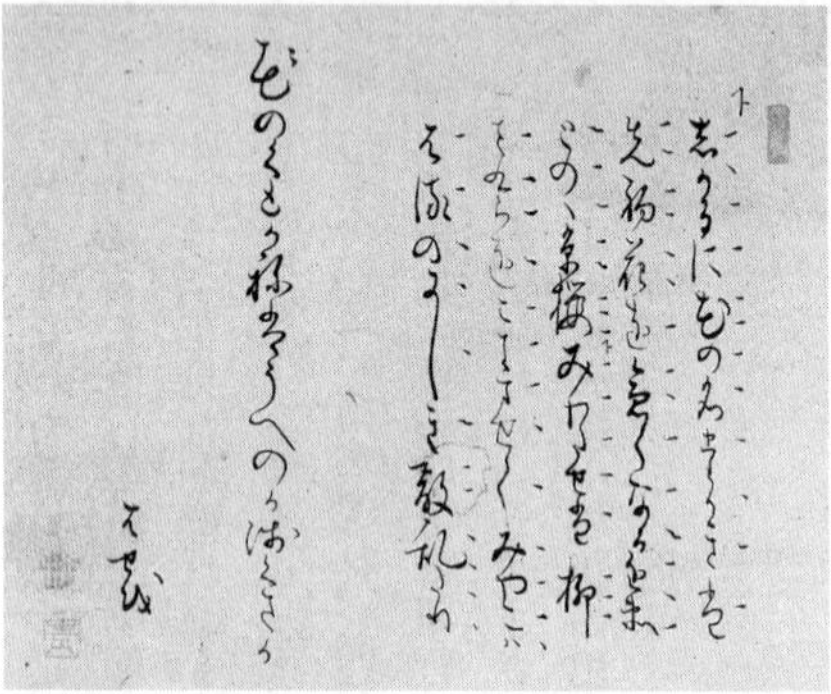

図B 「花のくも」
謡前書付発句懐紙

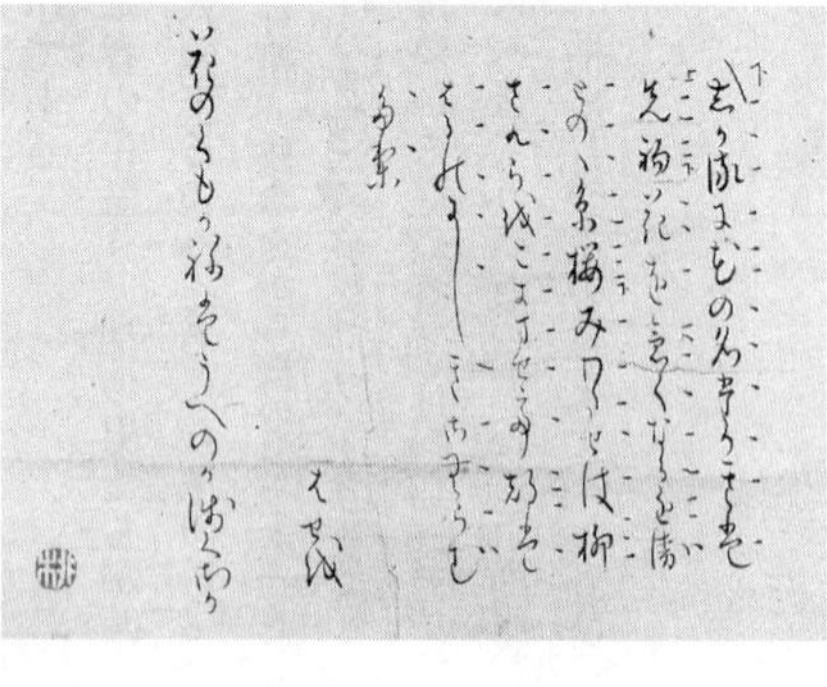

図C 「花のくも」
謡前書付発句懐紙

(浅草の観音様の甍の屋根が目に留まったよ、あとはただもう花の雲。)

を掲げている。前書は都の周辺の花の名所を列挙して称賛する詞章の一部である。
Bは「しかるに花の名だかきは、先《まず》初花を急ぐなる近衛どのゝ糸桜、みわたせば柳さくらをこきまぜて、みやこははるのにしき散乱《さんらん》たり」の譜点付き詞章の前書と、発句、

花のくもかねはうへのか浅くさか

(見えるものは花の雲ばかり。聞こえてくる鐘の音は上野の寛永寺の鐘か、浅草の浅草寺の鐘か。)

を記している。この前書は近衛殿の糸桜をはじめ都全体の花盛りの美しさを謡っている。Aに引かれた詞章の少し前の箇所である。
Cは B と同じ内容で、わずかな文字遣いの違いしかない。
引用された「西行桜」の詞章二箇所は、ともに洛中洛外の桜の花の盛りを謡い上げているが、それに対して芭蕉の発句はAとBCのいずれも京都の花ではなく、江戸の浅草寺と寛永寺の花を詠んでいる。これらの懐紙の場合、前書の機能は、花盛りの遠景を堪能する謡曲を発句の背景として想像させることにあり、そこには音楽的効果が期待されてもいる。だが、「西行桜」

という能のドラマの内容に、発句はほぼ関わっていない。謡曲の語句と雰囲気ばかりを利用しているのであって、西行が桜木の精と語り合う場面の設定や心理には、これら発句二句は立ち入らないのである。

「梅枝」を用いた前書

続いて、DとEは謡曲「梅枝」による前書を持つ懐紙である。

Dの前書は次のように書かれている。

はやこなたへといふ露の、むぐらの宿はうれたくとも、袖かたしきて、御とまりあれや、たび人。

(「早くこちらへお入り下さい」と言い、「夕露に濡れた草ぼうぼうのこんな宿はおいやでしょうが、片袖を敷いてお泊まり下さい、旅人」と言う。)

そして「はせを」(芭蕉)の名のあとに、

たび人とわが名よばれむはつしぐれ

図D 「たび人と」謡前書付発句懐紙

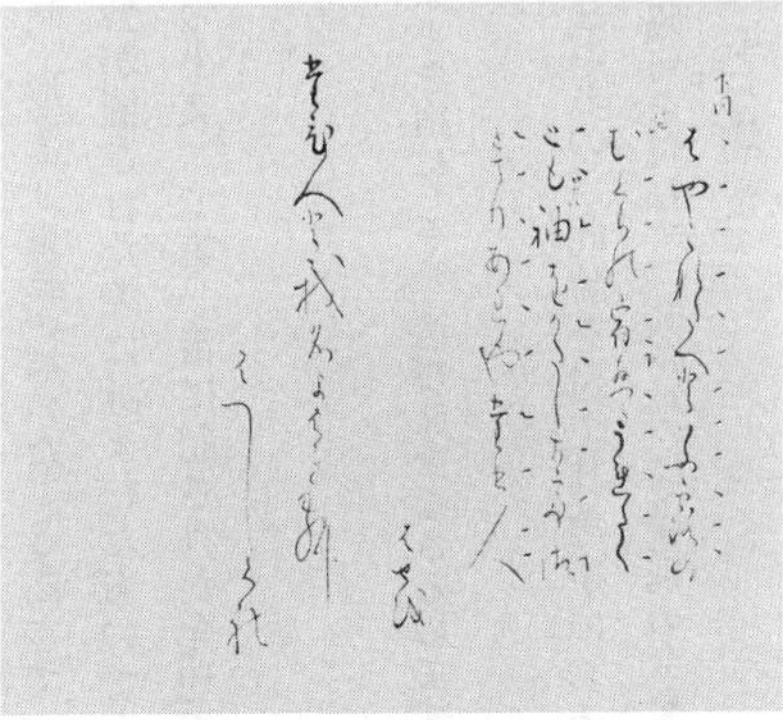

図E 「たび人と」謡前書付発句懐紙

（私は「旅人」の名で呼ばれたい。折しも初時雨が降り出して、趣きのある旅になりそうだ。）

の発句、「桃」と「青」、すなわち芭蕉の別号「桃青」の印がある。Dにはさらに、芭蕉らしい人物画を挟んで「とう〳〵かたちす」（東藤、形す（＝東藤が描いた））とあって「東藤」の印がある。発句は、貞享四年十月十一日に江戸で句会が催された際に詠まれたものである。芭蕉は東海道を上る旅に出ようとしていた。紀行『笈の小文』で第一番に記された発句であり、

又山茶花《さんざか》を宿〳〵にして

（山茶花の咲くあちこちの俳諧好きの家々を宿にして、再び旅をなさるのですね。）

の脇句が添えられ、「岩城の住、長太郎と云もの、此《この》脇を付て其角亭におゐて関送りせんともてなす」（岩城の住人、長太郎という者がこの脇句を付けて、其角亭にて送別の会をしようともてなした）との説明がある。長太郎は俳号を「由之」と言った。

後年、伊賀住の弟子の土芳が芭蕉歿後十年ほどして著した俳論書『三冊子《さんぞうし》』の「赤双紙《あかそうし》」に、

旅人とわが名呼《よば》れん初しぐれ

この句は、師、武江《ぶこう》に旅出《たびいで》の日の吟也。心のいさましきを句のふりにふり出して、「呼《よば》れん初時雨」とはいゝしと也。いさましきこゝろを顕《あらわ》す所、謡のはしを前書にして、書のごとく章《しょう》(声《しょう》)さして門人に送られしなり。一風情有《ある》もの也。此《この》珍しき作意に出《いづ》る師の心の出所を味《あじわ》ふべし。

(「旅人とわが名呼れん初しぐれ」。この句は芭蕉先生が江戸にて旅立ちの日に詠んだ句だ。心の高揚を句の口ぶりに表して「呼れん初時雨」とは言ったのだ。その高揚した心を表に出すために、謡の断片を前書にして、謡本《うたいぼん》にあるように声点《しょうてん》を付けて門人に贈ったものだ。独得の風情のあるものだ。このような珍しい作意から見てとれる、芭蕉先生の意図を味わわなければいけない。)

とある。文中の「章《しょう》さして」とは「声点《しょうてん》」つまり譜点を付けてということ。これによれば、譜点付きの前書は芭蕉によるオリジナルの手法だと、土芳は見ていたようだ。また、そのような懐紙を、門人に記念として贈ったと言っている。

Dの画者の東藤は尾張国の熱田に住む俳人であった。芭蕉はその貞享四年の十一月初旬から十二月中旬にかけて尾張の鳴海・熱田・名古屋に滞在し、同地の俳人と盛んに交流した。熱田では十二月一日、たまたま大垣から来た如行《じょこう》という俳人が「たび人とわが名よばれむはつしぐれ」の句を聞いて、

旅人と我見《われ》はやさん笠の雪
（私も、芭蕉さんを旅人と見て声援を送ろう。笠の雪がいかにも旅人だ。）

という発句を詠んだ。芭蕉が如行を歓迎する立場で、

盃寒く諷《うた》ひ候《そうら》へ
（盃の酒はじゅうぶんではありませんが、「見はやさん」と言われるのなら、どうぞ私のために一曲謡ってください。）

と脇句を付け、亭主の桐葉《とうよう》を含めた三吟で半歌仙（十八句の俳諧連句）を巻いている（写本『如行《じょこう》子《し》』所収）。尾張で「たび人と」の句が評判になっていたこと、そして芭蕉自身「諷《うた》ひ候へ」と言う通り、その句と謡曲の情趣との結合を強く意識していたことが分かる。

その半歌仙の座ではきっと如行ら連衆が実際に謡ったに違いない。その曲はやはり「梅枝」の「はやこなたへといふ露の、むぐらの宿はうれたくとも、袖かたしきて、御とまりあれや、たび人」の一ふしだったのではなかろうか。「梅枝」は、旅の僧が摂津の国の住吉で雨に遭い、

小さな庵に宿を求め、雅楽の奏者(伶人《れいじん》)だった夫を殺された女の霊魂と対話する曲である。芭蕉がDおよびEで前書として引いたのは、そのプロローグの、女が旅の僧を招じ入れる際の言葉であった。前書と発句の関係は、芭蕉自身の旅立ちの意気込みを表すのに、「梅枝」の曲中の「たび人」を呼び止める言葉を文句取りした、いわば断章的利用であって、「梅枝」という曲のドラマの中身には踏みこんでいない。その点ではA・B・Cと同工で、芭蕉の若い頃の詠、本章1節で触れた「月ぞしるべこなたへ入らせ旅の宿」句と、手法としては変わっていなかったと言える。

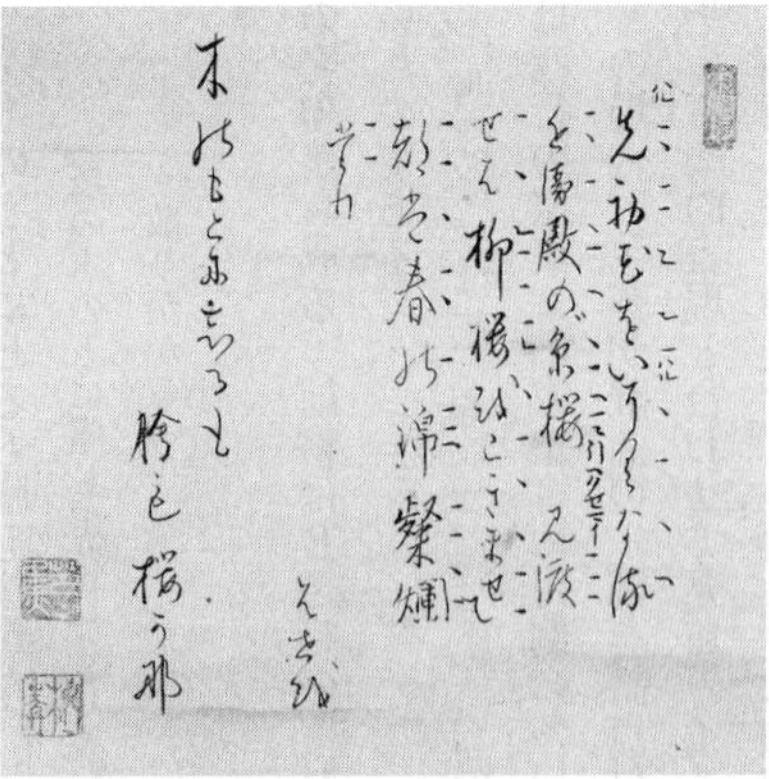
図F 「木のもとに」謡前書付発句懐紙

「木《こ》のもとに」懐紙に見る西行のやつし

ところが、A・B・Cと同じ謡曲「西行桜」を使いながら、四～五年後のFは様相が異なっていた。

Fの懐紙は「先《まず》初花をいそぐなる近衛殿の糸桜、見渡せば柳桜をこきまぜて、都は春の錦燦爛《さんらん》たり」という譜点付きの前書と、

木《こ》のもとにしるも膾《なます》も桜かな
（桜の木の下に座して花見をしていると、酒肴として並べた汁にも膾にも、桜の花びらが透き間なく散りかかる。）

の発句から成る。前書はB・Cのそれの後半に一致している。ほぼ同じ前書を、別の発句に用いたのである。

「西行桜」は花を愛してやまない西行をワキとする曲である。発句に詠まれた「木《こ》のもと」は西行の家集『山家集』に用例の多い語であり、そこは西行にとって落花を惜しむ場所である。Fの場合、芭蕉が謡曲の一部を譜点付きで前書に置いたのは、「西行桜」の作品世界に没入し、その音楽的表現と合わせて発句のイメージをより鮮明に読者に想起させるためであった。読者は「西行桜」が提示する西行の人物像に沿って発句を味わうようにと求められている。いわば「木《こ》のもとに」の発句は、謡曲「西行桜」のワキ・西行をやつしている。言い換えれば、当代の芭蕉自身が劇中の西行になったつもりで発句を詠んでいる。もっと言えば西行「なりきり」で桜を愛でているのである。貞享年間までに較べて、前書に引かれた曲の内容と発句の関係は格段に深まったと言えよう。

なお、この発句に関しては、前出の土芳著『三冊子』の「赤双紙」に、

木のもとは汁も鱠《なます》もさくら哉
此《この》句の時、師のいはく「花見の句のかゝりを少し心得て、軽みをしたり」と也。

という芭蕉の発言が伝えられている。「木のもとは」は「木のもとに」の単純な誤記だろう。芭蕉が「花見の句の「かかり」を少々会得《えとく》して、「軽み」の句を詠むことができた」と言ったというのだが、さて、「かかり」とは何か、「軽み」とは何か。この件の重要な先行研究である、乾裕幸《いぬいひろゆき》氏の「『ひさご』序説――《かかり》と《かるみ》」という論文（『ことばの内なる芭蕉』〈未来社、一九八一〉所収）によれば、「かかり」は能楽論の用語で、それが連歌論においては「ことばのもつ音楽的・韻律的な表象」、換言すれば「吟調」（音楽的階調）の意で使われたのであり、「花見の句のかゝり」とは「はなやぎ、浮き立ち、陶然とした、リズミカルな吟調」のことという。乾氏はFの懐紙にも言及して「桜名所尽しの花やいだ旋律は、そのまま発句の調べに通い流れて、浮き立つような花見のムードをいちだんと盛り上げるのに役立つのだ」と述べており、これはそのまま『三冊子』の「花見の句のかゝりを少し心得て」の事情の説明として有効だと思われる。また、「軽み」は、この文脈の中であれば、「かゝり」によって生み出される、花見の折の抑えようもなく心の浮き立つ感覚ということになろう。

「かかり」がそもそも能楽論の術語であったということと、同じ「木のもとに」の発句に譜点付きの前書が付された懐紙が遺されていることは、確実に結び付いていた。

芭蕉、貞享五年の旅と謡曲

ここまで述べて来たように、譜点付き前書を持つ発句懐紙六点を成立順に追うと、謡曲を利用する芭蕉の姿勢は、劇としての曲の内容にまで踏みこむか否かの点において、貞享のA〜Eと元禄のFとで違いが認められた。その変化はどの時点で起こったのだろうか。

その答えは、「木のもとに」句から二年遡る貞享五年(一六八八、九月三十日に元禄と改元)の春から夏にかけての、いわゆる『笈の小文』の旅の後半だったと思われる。まず、その年の三月下旬、故郷の伊賀から、門人の杜国《とこく》を伴って大和の国(現在の奈良県)の吉野まで旅をした折に、芭蕉は次のような発句を残した。

やまとのくにを行脚《あんぎゃ》しけるに、ある濃夫《(農夫)》の家にやどりて一夜をあかすほどに、あるじ
情ふかくやさしくもてなし侍れば　　はせを
はなのかげうたひに似たるたび寝哉

真蹟と見られる懐紙（『芭蕉全図譜』132番）によって引いたが、「濃夫」は「農夫」の単純な誤字と見られる。この発句は元禄三年（一六九〇）刊の俳諧撰集『曠野《あらの》』にも「大和国平尾村にて」という単純な前書を伴って同じ句形で収録された。「平尾」は、今の行政区分で言えば奈良県吉野郡吉野町内の集落の名である。懐紙の前書は「大和の国を行脚した折に、ある農夫の家に泊まって一夜を明かした。その家の主人が情け深く優雅に私たちをもてなしてくれたので」ということ。その家は平尾村にあったと見てよいだろう。「うたひに似たるたび寝」とは、謡曲の登場人物とまるで同じように旅の宿りを求めた、ということである。この段階で芭蕉は、自らを能の中の人物に「似たる」と見る心を発句に詠んだのである。演劇世界の内部に没入し始めた初期の発想と言えるのではないか。

ちなみに、これまでの注釈ではこの発句の「うたひ」に想定される曲として「二人静」「忠度《ただのり》」などが候補に挙げられているが、芭蕉は特定の曲を想定していなかっただろうと思う。それは、同じ旅の落花の頃、どれかの曲に基づくというよりも、「花」にちなむ謡曲一般を漠然と指しているらしい発句を複数詠んでいるからである。

扇にて酒くむかげやちる桜　　（『笈の小文』）

（散る桜の花びらを浴びて、扇を盃に見立てて酒を酌む姿がある。）

声よくばうたはふものをさくら散《ちる》　（『砂燕』）

（桜が散りかかる木の下で、私も良い声を持っていたら謡を謡いたいものだが。）

「扇にて」句は、能で盃から酒を飲む所作に扇を用いることを前提に、落花の中で能を演じて興に入る人物を描いている。「声よくば」句は花吹雪によって催された感興を表現している。この二句はともに、特定の謡曲ではなしに、実際の花吹雪を愛でながら能舞台の空間の落花を心に描いている発句と解せる。「はなのかげうたひに似たるたび寝哉」もおそらくそうだろう。

このように、貞享五年の花盛りの頃の旅で詠まれた芭蕉発句には、咲いた桜の木の下に宿ったり散る桜を浴びていたりする芭蕉自身の感激を、能の演者に重ね合わせて描こうとする態度が見てとれる。「まるで能の舞台に上がっているように」という比喩表現とも言えよう。その発想は、この旅以前の、謡曲の「ことば」だけを利用する方法とは一線を画していた。芭蕉はこのような経過で、能の演者に「なりきり」、発句を詠むようになったのである。

4　「おもしろうてやがて悲しき鵜舟哉」――「鵜飼」への没入

貞享五年夏、岐阜にて

そしてまた、貞享五年の旅の続きでは、能の世界への没入の次の段階と言うべき、見逃せない一句が詠まれている。同年夏、五月から六月にかけて、芭蕉は美濃の国に滞在した。日時は明確でないが、岐阜にて、

ぎふの庄ながら川のうかひとて、よにことぐ〵しう云《いひ》のゝしる。まことや其《その》興の人のかたり伝ふるにたがはず、浅智短才の筆にもことばにも尽《つくす》べきにあらず。心しれらん人に見せばやなど云《いひ》て、やみぢにかへる此《この》身の名ごりおしさをいかにせむ。

おもしろうてやがて悲しき鵜舟哉　　芭蕉

という発句を残している。右は、阿部正美氏著『芭蕉発句全講Ⅱ』（明治書院、一九九五）に「伏見氏旧蔵真蹟懐紙」として提示されている翻刻によって引いた。前書を現代語訳すれば、「岐阜の庄の長良川の鵜飼と言って、世間ではたいそう評判になっている。まことに、その面白さは人が語り伝えてくれる通りで、私のような智恵浅く才の足りない者が書いたり語ったりしても表現しきれない。「この情趣を理解できる人に見せたいなあ」などと言いながら、暗い夜道を鵜飼見物から帰る我が身の名残惜しさをどうしたものだろう」。

この前書には先行文学の引用が二箇所ある。一つは「心しれらん人に見せばや」で、『後拾遺和歌集』巻第一・春上の能因法師の歌、

正月許《ばかり》に津の国に侍りける頃、人のもとに言ひつかはしける
心あらむ人に見せばや津の国の難波《なにわ》わたりの春のけしきを
（正月ほどに摂津の国に滞在しました頃、（都の）知人に宛ててこの歌を送りました。／この情趣を理解してくれる人に見せたい。摂津の国の難波の舟渡りの春の景色を。）

の傍線部である。芭蕉は生涯にわたってこの能因の歌にたびたび言及している。この歌のことは、第五章2節でまた触れる。

「鵜飼」の心理の動きを詠む

そしてもう一つが謡曲「鵜飼」の詞章である。場所は甲斐《かい》の国の石和《いさわ》川。行脚の僧が御堂に泊まったところ鵜使いの老人が現れ、自分は禁漁区域で鵜飼漁をしたために簀巻きにされて川に沈められた鵜使いの亡霊だと語って回向《えこう》を頼み、生前の鵜飼のありさまを見せて消える。そのあと、僧が経文の文字を書き付けた小石を川に投じて鵜使いを弔うと、地獄の鬼が現れて鵜

使いが救済され極楽に行くことになったと告げる。

「鵜飼」の、亡霊が鵜を使うしぐさをして見せる場面は「鵜舟《うぶね》の篝《かが》り影消て、闇路に帰る此《この》身の、名残惜しさをいかにせむ、名残惜しさをいかにせむ」という詞章を以て終わる。すなわち、譜点こそ差していないが、芭蕉の前書のしめくくりの「やみぢにかへる此身の名ごりおしさをいかにせむ」の部分は、謡曲「鵜飼」のもっとも盛り上がるシーンの結びをそのまま引用しているのである。

そして発句の「おもしろうてやがて悲しき」も、右場面の直前の、

面白《おもしろ》の有様や、底にも見ゆる篝火に、驚く魚を追廻《おいまは》し、潜《かづ》き上げ掬《すく》ひ上げ、隙なく魚を食《く》ふ時は、罪も報《むく》ひも後の世も、忘《わすれ》果てて面白や。漲《みなぎ》る水の淀ならば、生簀《いけす》の鯉や上らん、玉島川にあらねども、小鮎さ走《ばし》るせせらぎに、かだみて魚は溜《た》めじ、不思議やな篝火の、燃えても影の闇《くら》くなるは、思出《おもひいで》たり、月になりぬる悲しさよ。

(面白いありさまだよ。水上の篝火が水底に映って見えて、驚く魚を鵜どもが追いまわし、潜っては獲り掬っては獲りして休みなく魚を食う時は、鵜を使う私は殺生の罪もその報いも忘れ果て、ひたすら面白くてたまらない。水の漲る川淀ならば、生け簀の鯉が上っても来よう。(鮎で有名な肥前松浦の)玉島川ではないけれど、小鮎が走るせせらぎでは、力を控えて獲り渋らすことな

どしない。おや不思議、篝火がまだ燃えているのに光が弱くなってきたぞ。分かった、月が出て鵜飼の終わる時が来たんだ、悲しいよなあ。)

の、「面白の有様」から「悲しさ」への推移を簡潔に言い表したものである。

発句「おもしろうてやがて悲しき鵜舟哉」は、能「鵜飼」に謡われる心理の動きを、そのまま表現した作品であった。芭蕉は「「面白の有様や」と謡の詞章そのままに見ていると、やがて「悲しさよ」にたどり着いて終わる、なんともこれが鵜舟だなあ」と詠んでいる。

以前には、謡曲の詞章を採るにしても、なるべく曲における文脈から外すことを、言うなれば謡曲語彙の異化を、俳諧の狙いとしていた。だがここに至り、たとえば鵜飼を見物するといった現実の体験を踏まえつつ、能の劇の世界に没入し、謡曲の「ことば」を選び取って登場人物への共感を表す発句のあり方にたどり着いたのである。「ことば」と「心」を一致させた謡曲調俳諧に到達したと言うことができる。

芭蕉が陸奥・北陸道を行脚したのはその翌年、元禄二年(一六八九)の晩春から晩秋にかけてであった。そしてその旅に基づく紀行『おくのほそ道』が編集されたのは、元禄五年から七年にかけてだったと考えられている。現実の旅がそのまま『おくのほそ道』になったわけではまったくない。芭蕉は、旅の中で生まれた句文を取捨選択し、空想的な要素をかなり書き加えた。

実際の行脚の間の詠句にも、「おもしろうてやがて悲しき鵜舟哉」句に見られたのと同様の、能の世界への没入が認められる。また、『おくのほそ道』を編むに当たってはさらに、夢幻能を意識した構成が導入されている。能の演劇的世界を俳諧に取り込む芭蕉の方法は、のちに『おくのほそ道』に結実するのである。

第四章　「なぞ」——頭をひねらせるあそび

1　〈なぞ〉の変遷と「聞句《ききく》」

『なぞの研究』

本棚は人を表す。誰かが自室の本棚を背景にしてオンライン会議に参加していたりすると、その人よりも本棚の本が気になる。日本文学研究者という同業者の場合ならなおさらである。「あなたの大切な一冊」を訊くというような企画はよくあると思うが、もし「あなたの本棚でいちばん魅力的な書名の本を教えて下さい」という企画があれば、私は迷わず、

鈴木棠三氏著『なぞの研究』（東京堂、一九六三初刊。講談社学術文庫に収録）を挙げたい。なんと魅力的な書名だろう。私は本棚の、会議の画面に映る位置にこの本を置く。このような名前の本をお出しになった鈴木氏がうらやましくてならない。私の知る範囲でこれに対抗できる書名は、日本語文法の研究書『象は鼻が長い』（三上章氏著、くろしお出版、一九六〇初刊）くらいか。

その魅力は、「なぞの」をつい「正体の知れぬ」の意味に受け取ってしまうところから来ている。私たちは「なぞの」と付くとどうしてもその種明かしを求めたくなり、中身に関わらず

惹かれてしまうのである。関連する面白い事例を最近目にした。『朝日新聞』二〇二一年五月十五日be(土曜版)の「いわせてもらお」欄の、「なぞの調剤薬局」なる投稿である。

夫の用事で車で出かけ、助手席に座っていた私。前方に、「なぞの調剤薬局」と書かれた看板の文字が目に飛び込んできた。ムムッ? 近づいて見ると、「はなぞの調剤薬局」の「は」の文字が1字だけはげて薄くなり見にくくなっていただけだった。

(福岡県鞍手町・どんな薬局か興味津々だったのに・64歳)

はっ、なぞの大学なら京都にあるぞ。新宿にはなぞの神社がある。

閑話休題。『なぞの研究』はれっきとした日本古典文学の研究書である。中世日本の〈なぞ〉、すなわち、あそびとしてのナゾナゾについて解き明かしている。同書を読むと、中世における〈なぞ〉は、文字を操作することによって答えの得られるものが中心だったことが分かる。少しだけ例を示す。太字部分が出題された〈なぞ〉で、矢印↓からが答えと解き方である。

野なかの雪 出典は『宣胤卿記《のぶたねきょうき》』文明十三年(一四八一)の記事。
↓答えは「柚《ゆ》の木」、「ゆき」の中に「の」を入れる。

嵐ののち紅葉道を埋む　出典は永正十三年(一五一六)奥書の『後奈良院御撰何曽《ごならいんぎょせんなぞ》』。

↓答えは「霜」、「あらし」の最後の字「し」と、「もみち」から「みち」を消去した「も」を組み合わせる。

梅の木を水に立て替へよ　出典は『宣胤卿記』文明十三年の記事。

↓答えは「海」、梅の木偏を氵に取り替える。

あるいは、「しゃれ」を交えながら意味の上で答えにつながる〈なぞ〉も多かった。

隠せ　出典は前出の『後奈良院御撰何曽』。

↓答えは「白砂」、「知らすな」のしゃれ。

あさがほ　出典は天正年間(一五七三〜一五九二)頃成立の『月庵酔醒記《げつあんすいせいき》』。

↓答えは「火の車」、「日の来る間」のしゃれ。

この二例など、出されたらとても答えられないと思う。まるで暗号だ。詳しいことはその『なぞの研究』や、同じく鈴木氏の『中世なぞなぞ集』(岩波文庫、一九八五)、『中世の笑い』(秋山書店、一九九二)に就かれたい。

俳諧の技法としての〈なぞ〉

江戸時代初期の俳諧にも、中世ふうの〈なぞ〉は引き継がれていた。重頼《しげより》編、正保二年(一六四五)刊の『毛吹草《けふきぐさ》』第一には、「可宣句《よろしかるべきく》躰之《たいの》品々」として心之《こころの》発句付句・眺望・見たて・云立《いいたて》など三十五種類の「句躰《くたい》」が、用例とともに示されている。そこに、

一なぞ

　ほとゝぎはまたすごもりか声もなし
　とをのけて廿三夜《にじゅうさんや》の月見哉
　はねあがりたるきる物の裾
　さはやかにあらひ立《たて》ぬるかたびらん

という「句躰」が載っている。発句二句と、七七の前句と五七五の付句の付合《つけあい》一組である。「ほとゝぎは」句は、ホトトギスが「す」(=巣)籠もりしている(「す」が隠れている)ものだから鳴いてくれないという発句で、「す」がないとホトトギスにはならないぞという文字操作の発想によっている。

次の句の上五「とをのけて」は普通には「遠ざけて」の意味だが、「十《とお》・除《の》けて」のしゃれになっている。すなわち、二十三ひく十で「十三夜の月見だなあ」というだけの内容だろう。「とをのけて」の表の意味「遠ざけて」の収まりが悪いが、理路整然と隅々まで説明できるものとは限らない。「これってなあんだ」という出題が肝心で、頭をひねらせる過程こそが、こうした「なぞ」の俳諧の面白味なのだろう。

付合の例の前句は「着物の裾に泥跳《どろは》ねが上がっている」の意か。「はねる」という動詞には、語中や語尾に「ん」が付くという意味がある。撥音《はつおん》の撥である。「三振」は二つ、「新幹線」や「新婚さん」は三つ、「寛文三年」は四つはねているのである（ちなみに寛文三年〈一六六三〉はウサギ年であった）。そこで、その着物は「爽やかに洗い立てた帷子《かたびら》だったのに」（帷子は浴衣のような単衣《ひとえ》の衣）と、意味の上で繋がるように付けながら、「はねあがりたる」に対応しておしまいを（つまり裾を）「かたびらん」とはねて遊んでいる。もちろん、「かたびらん」なんてものはない。造語ならん。

「聞句《ききく》」への展開

しかし、近世初期俳諧において、〈なぞ〉の句は次第に変異していった。一見意味の不明な句、矛盾したことを言っているように見えるのに、論理的に読み変えることですっきり通ずるタイプの句に主流が移っていった。そうした〈なぞ〉の句は「聞句《ききく》」「聞発句《ききほっく》」「聞《きき》の句」と呼ばれた。この場合の「聞く」は「解釈する」という意味であって、理屈で〈なぞ〉を解いてみよと聞く者に要求するクイズなのである。貞門の元隣《げんりん》の著で寛文二年（一六六二）序の版本『誹諧小式《はいかいしょうしき》』に、その実例が挙げられ解説されている。それを最初に紹介したのは、復本一郎氏の論考「謎の句」（『笑いと謎——俳諧から俳句へ』所収。角川選書、一九八四）であった。復本氏は原文を東京大学総合図書館洒竹《しゃちく》文庫蔵の写本から引いていたが、今では国文学研究資料館蔵の版本が同館のデータベース上に画像公開されているので、ここでは復本氏稿を参照しながら版本によって引用する。適宜、濁点・句読点・振り仮名を加えた。

○第六　きゝ発句之事

　やみの夜は松原ばかり月夜哉
　涼風《すずかぜ》は川ばた斗《ばかり》あつさ哉　　一重
　五月雨は山路《やまじ》斗《ばかり》や水びたし

右、やみの夜は松ばら斗にて、残る世界は皆月夜也と、松原のしげりたると、月の光《ヒカリ》の明《アキラカ》なるとを云《いい》たてたる也。残《のこる》二句も此心《この》を以《もっ》て聞《きけ》ば明《あきらか》也。其外《そのほか》、

　かいで見よ何の香もなし梅の花

此花にかぎくらぶれば、万花《バンクワ》香なしと也。
しら鷺の巣だちの後はからす哉
巣がからになると也。
二人行《ゆく》ひとりはぬれぬしぐれ哉
二人ながらぬるゝといふ心也と従来聞来《ききき》れり。更に今一説有《あり》。

このあとに「唐《モロコシ》にも」とあって漢文の類例が続くのだが、省略する。

最初の句「やみの夜は松原ばかり月夜哉」は、一見「闇の夜は、松原だけが月夜だ」と読める。そんな理屈に合わない句と見せかけて、「ばかり」で切れるものとして読み変えれば「闇の夜になっているのは(茂っている)松原だけだ。月の夜に」と説明が付くようにできている。

ちなみに、芭蕉の弟子の其角はこれをもう一ひねりして、

闇の夜は吉原ばかり月夜哉　(『武蔵曲《むさしぶり》』)

と詠んだ。表向きは「闇の夜には、吉原ばかりが月夜のように燈火で明るくなっている」と、いかにも吉原賛歌のように解釈できる。ところが、「闇の夜のように暗いのは吉原ばかりである。この月の夜に」と逆転した解釈も可能な点が、俳諧としての鋭い仕掛けであった。吉原に

暗い裏面があることをほのめかしているのだろう。

次の「一重」という作者の句「涼風《すずかぜ》は川ばた斗《ばかり》あつさ哉」は、「涼風が吹くと、川端だけ暑い」という理屈に合わない句と見せかけて、やはり「斗《ばかり》」で切って読み変えれば「涼風が吹くのは川端だけだ。（川端ではないここは）暑いなあ」となる。

その次の「五月雨は山路《やまじ》斗《ばかり》や水びたし」は、元隣は「此《この》心を以《もっ》て聞《きけ》ば明也《あきらか》」と、前二句と同じ手順で解けるように述べているが、それでは解けない。おそらく、「山路」を「止《や》まじ」と解することで「五月雨が止まないばっかりに、水びたし」という理屈に合った句として読める〈なぞ〉なのであろう。

残る三句を、原文の解説に従って理屈に合うように解釈すれば、「かいで見よ何の香もなし梅の花」とは「梅の花をかいでみよ。この花に較べればほかのあらゆる花に香はないも同前だ」ということ。「しら鷺の巣だちの後はからす哉」は「白鷺が巣立った後は空巣《からす》（烏）になる」ということで、白から黒への転換も面白い。「二人行《ゆく》ひとりはぬれぬしぐれ哉」は、「二人ながらぬるゝ」という説明に従えば、「時雨の中、二人で行けば二人一緒に濡れる」ということである。ただしこの句には「更に今一説有《あり》」（もう一つ別解がある）と言う。それはおそらく「ぬ」を完了の意味に取って「時雨の中、二人連れだって行けば前の一人は濡れて後ろの一人は濡れずにすむ」とも解せることを言っていよう。両様に読める点が「きゝ発句」なのだろう。

「五月雨は」の句と「しら鷺の」の句はしゃれが中心で、中世以来の〈なぞ〉の句の流れに属している。その他の四句（「やみの夜は」「涼風は」「かいで見よ」「二人行」）は、「聞く」ことを求められる、当時としては新しい〈なぞ〉の句だったと言えるだろう。

「たゝらうらめし」

そしてもう少し時代が下ると、さらに新しいタイプの〈なぞ〉の句が詠まれ始める。それは、一見矛盾していたり不可解だったりする句なのに、先行文芸や「お決まり」的な発想を踏まえていることに気が付くと納得がいくように出来ている句である。

一例を示そう。芭蕉の弟子の去来が書き残した『去来抄』の「修行」篇に、

ちる花にたゝらうらめし暮の声　幽山

を挙げて「此句は謎なり」と言っている。作者の幽山は高野氏、京都出身で重頼（前出『毛吹草』の著者）の弟子。延宝三年（一六七五）には江戸に住んでいたことが分かっている。伊賀から江戸に下った若き日の芭蕉は幽山のもとで執筆《しゅひつ》（俳諧の記録係）を務めていたとも言われる。右の発句は、その幽山が延宝六年に編集・刊行した俳書『江戸八百韻』に載っているが、

花を踏んでたゝらうらめし暮の鐘

となっていた。おそらく去来の記憶があやふやだったのだろう。

『江戸八百韻』の句形に従って語句を説明しよう。「花を踏んで」は第二章4節でも触れた『和漢朗詠集』の、「春夜」の部立に引かれて有名な「背燭共憐深夜月、踏花同惜少年春」（燭《ともしび》を背《そむ》けては共に憐れむ深夜の月、花を踏んでは同じく惜しむ少年の春）という白居易の詩句を踏まえている。白居易の原作では桃の花だろうが、幽山は日本的に桜の花を詠んでいる。「たゝら」は、鉄などの金属を熔かして鋳物を作る際に空気を送る大型の鞴《ふいご》、もしくは、炉の装置全体のこと。鞴としての「たゝら」は多人数で「踏む」ものである。「暮の鐘」は、寺院が日没時に撞《つ》き鳴らす鐘の音《ね》のことを言っている。

「花を踏んで」と「暮の鐘」の語句によって、ある人物が夕暮れ時に鐘の音を聞きながら、散ってしまった桜の花を踏んで歩いている場面が思い浮かぶ。でも、なぜそこで、「たゝら」を「うらめし」と思うのだろう。「踏んで」と「たゝら」の縁語関係を入れたのはちょっとした細工だが、それだけではこの〈なぞ〉は解けない。〈なぞ〉は、よく知られた和歌一首を下敷きに置くことで解ける。

山里にまかりてよみ侍《はべり》ける　　　　能因法師

山里の春の夕暮きてみればいりあひの鐘に花ぞちりける　（『新古今和歌集』巻第二・春下）

詞書は「山里に出かけて詠みました」、歌は「山里の春の夕暮に来てみると、暮れ方の鐘が鳴る中、花が散っていました」と言っている。「いりあひ」は「入相」で日没の時間の意。この歌は謡曲「三井寺」にも引かれて（ただし初句「山寺の」）、近世初期の俳諧ではおなじみの素材だった。それも、歌の後半を「入相の鐘が鳴り響く中、桜の花が散る」という単なる叙景と取るのでなしに、わざと「入相の鐘の響きのせいで桜の花が散る」という〈原因―結果〉の関係に解釈して利用した。たとえば、幽山の師の重頼には、

やあしばらく花に対して鐘つくこと　（『佐夜中山集』）

という発句があった。同じ能因歌を前提にした、これも〈なぞ〉の句である。「ちょっと待て、咲いた花に向かって鐘を撞くことは（花が散ってしまうじゃないか）」と言っている。同時に、謡曲「三井寺」の「やあやあ暫《しばら》く、狂人の身にて何とて鐘をば撞くぞ、急いで退き候《の》へ」の文句取りにもなっていた。

幽山の「花を踏んでたゝらうらめし暮の鐘」句はもう一段凝った〈なぞ〉で、「花が散ってし

まって残念だ。あの暮の鐘のせいだ。鐘を鋳るのに使われたと思うと、「たゝら」までもが恨めしい」という理屈で解ける〈なぞ〉なのである。

其角「饅頭《まんじゅう》」の句

其角に、〈なぞ〉の句として知られた、そしていまだ解釈の定まっていない発句がある。これまた『去来抄』、「同門評」篇に次のような記事がある。

饅頭《まんじゅう》で人を尋ねよ山ざくら　其角

許六《きょりく》曰く「是《これ》は謎といふ句なり」。去来曰く「是は謎にもせよ、いひおほせずといふ句なり。たとへば「提灯《ちょうちん》で人を尋ねよ」といへるは、直《すぐ》に提灯もて尋ねよなり。是は饅頭をとらせんほどに、人をたづねてこよといへる事を、我一人《われひとり》合点《がてん》したる句なり。昔、聞句《ききく》といふものあり。それは句の切り様、あるいは、てにはのあやを以て聞ゆる句なり。この句は、その類にもあらず」。

(「饅頭で人を尋ねよ山ざくら／其角」。この句について許六(芭蕉の弟子の一人)が言うことには「これは謎という句だ」。それに対して私、去来は次のように言った。「これは謎の句だとしても、説明不足の句だ。たとえば「提灯で人を尋ねよ」という句なら、すぐに「提灯(の紋)を目印に尋ねよ」ということだと分かる。これは「饅頭をやるから、人を探してこい」ということを、作者が独り合点している句だ。昔、聞句《ききく》というものがあった。それは句の切りよう、あるいは、てにはの取りようによって理解できる句だ。この句は、その聞句の類でもない」。）

問題の其角句の初出は元禄九年（一六九六）刊、肥後熊本の長水編『桃舐集《ももねぶり》』であった。その句形は「まんぢうで人をたづぬる山ざくら」、それが翌年の其角の編著『末若葉《うらわかば》』では「饅頭で人をたづねよ山桜」となっていた。さらに、元禄十年八月の跋をもつ桃隣編『陸奥衛《むつちどり》』には、桃隣が前の年の三月十七日に陸奥《みちのく》へ旅立った際の、「遥《はるか》に旅立と聞て武陵《ぶりょう》の宗匠《そうしょう》残りなく餞別の句を贈り侍られければ」という十八名の発句が肖像入りで掲げられているが、その最後の句が其角の「饅頭で人を尋よやまざくら」で前書は「餞別」だった。そして、同じ元禄十年九月の序をもつ李由・許六編『韻塞《いんふたぎ》』では、「東叡山吟行《とうえいざんぎんこう》二句」（東叡山は上野の寛永寺）の二句めに「饅頭で人を尋ねよ山ざくら」とあった。のちに、延享四年（一七四七）刊の其角句集『五《ご》元《げん》集』では、前書「花中尋友」（花の中に友を尋ぬ）で「饅頭で人をたづねよ山桜」だった。

前出の、復本一郎氏の論考「謎の句」に解釈の諸説がまとめられている。いま、それによりつつさらに簡略に要約して、諸説を並べ出してみよう。

a 江戸後期の石河積翠《いしこせきすい》説、(餞別吟として)下戸《げこ》の桃隣は下戸を尋ねて行脚せよ。
b 岩田九郎氏説、下戸だから饅頭でも食っているはず、それを目印に探してこい。
c 岩本梓石氏説、坊主頭(饅頭あたま)のやつを、それを目印に捜してこい。
d 井上敏幸氏説、饅頭がた(堂塔の下の土台)の上に立って見渡して人を捜してこい。
e 堀切実氏説、侍童などに「饅頭をやるから、誰それの人を捜してこい」といいつける。

これらの内でa説は『陸奥衛』を前提としているが、資料的優位さから見てそもそもは「東叡山吟行」「花中尋友」という状況での句だったとすべきであろう。其角はおそらく既製の句を桃隣への「餞別」句に転用したのであって、a説は異なる機会を前提とする句解である。他の四説は「東叡山」の花見を前提にして、それぞれに「饅頭」の意味を探っている。e説は去来の読み方を根拠としており、復本氏も結論としてはe説に賛成している。

私解はa～eのいずれとも異なる。許六が「是は謎といふ句なり」と言ったようにこの句が〈なぞ〉だとするなら、何か〈鍵〉ともいうべき知識を宛てることで解けるはずである。花見の日の、その時その場を具体的に知らないと通じないような、即事の句ではないと思う。

立圃《りゅうほ》編で寛永十年(一六三三)刊の『犬子集《えのこ》』の「上古誹諧《じょうこ》」に、

法勝寺花見侍《はべり》けるに人々酒たうべて
山桜ちれば酒こそのまれけれ
と侍るに
花にしゐてや風はふくらん　　法眼顕明

という付合がある。出典は『菟玖波集《つくばしゅう》』で作者名は顕昭が正しい。法勝寺で花見をして人々が酒を飲んでいた、と前書に言う。前句は「山桜が散ると、それが惜しくて、ことさら酒が進むよ」、付句は前句を「山桜が酒を飲む」と取り成して、「花に酒を強いて（酒盃に花びらを散らそうとして）風が吹くのかな」。これはよく知られていた付合だっただろう。其角の句も、寺の花を見に行く状況である。右の前句の「山桜が散ると酒が進む」という発想を「饅頭で」句の〈鍵〉として用いてみよう。同じ発想を逆に言えば「酒を持って行っては花が散るのを待っているみたいでまずい」という話になり、だから「饅頭を携えて、花見をしている人のもとを訪ねるのがよい」となる。そのような理屈で読み解けるのではないだろうか。

ただ、「饅頭で」の「で」を「携えて」と取ることになってそこがやや苦しい。また、「人を尋ねよ」を「人を訪ねよ」と異なる漢字で理解することになり、そこも解釈の弱点と思える。でも、それくらいの漢字の流用は当時普通のことだったとも思う。その点に関わっては、初出の『桃舐集』で中七が「人をたづぬる」となっていたことが私の解にとって好材料である。「人をたづぬる」とあれば、普通には「人のいる場所を訪問する」意に取れるからである。

以上のような解釈はいかがだろうか。これが正解と言い切るほどの自信はないのだが、ただ、其角句の〈なぞ〉を解くには、まず〈鍵〉を見付けることが肝要だと考えている。

2　「元日やおもへばさびし秋の暮」——元日にどうして秋の暮？

芭蕉の〈なぞ〉の発句

さて、芭蕉である。芭蕉もけっこうな数の〈なぞ〉の発句を詠んでいる。まずは、この句から。

　　歳旦《さいたん》

元日やおもへばさびし秋の暮　　桃青《とうせい》

この句には、年代不明ながら天和年間（一六八一〜一六八四）頃かとされる真蹟短冊が遺されている（『芭蕉全図譜』42番、桃青は芭蕉の別号）。従来難解な句とされてきた。前書の「歳旦」は年の初めの句であることを示しており、上五にも「元日や」と置きながら、なぜ、新年のめでたさとは正反対の「おもへばさびし秋の暮」というようなことを言ったのか。

岩田九郎氏による『諸注評釈芭蕉俳句大成』（明治書院、一九六七）の解釈は、「一句の意は、大晦日とて昨日までは目のまわるような忙しさで人々足を空にかけまわっていたが、一夜明くれば静かな元日の朝だ。町々は昨日の事は忘れたような朗かな日の光だ。同じ静かさといって、あの秋の夕暮れの静けさとは、まるで変わった静けさだ、思えば秋の暮れの静けさは悲愁と寂寥とのはてしないさびしさである。しかしこの元日の静けさは明るい心ののびのびした、これからいろいろと希望のもてる静けさであるよ、というのである。秋の暮れのさびしさを引あいに出して、元日の朝ののどかな静けさをあらわしたのである」。

加藤楸邨氏による『芭蕉全句 上』（筑摩書房、一九六九）の解釈は、「元日を迎えたが、家々は戸を閉じてひっそりと静まっている。この静かな寂しさの中にいると、あの暮秋のかぎりない寂寥《せきりょう》がひしひしと感じられてくる」。

岩田氏は秋の暮に較べれば元日はのどかな静けさだと取り、加藤氏は元日の静かさから秋の暮の寂しさが思われると取っている。いずれも「元日」と「秋の暮」の組み合わせの突飛《とっぴ》さにとまどって、何とか素直な文脈に収めようとして苦労しているように見える。芭蕉による俳諧の仕掛けをつかみかねている。そうではなくて、芭蕉がわざと理解しにくいことを言って〈なぞ〉を解けと読者に要求していると見てかかるほうが良いように思う。

この〈なぞ〉を解く〈鍵〉は、秋の暮のさびしさをこの上なく好もしいとする古典的な美意識ではないだろうか。芭蕉にはそうした美意識が濃厚にあった。『おくのほそ道』において八月十六日のこととして語られる、敦賀から舟で赴いた種《いろ》の浜の描写はその典型だろう。

浜はわづかなる蜑《あま》の小家にて、侘《わび》しき法華《ほっけ》寺有《でらあり》。爰《ここ》にちやをのみ酒をあたゝめて、夕暮のさびしさ感に堪《たえ》たり

寂しさや須磨にかちたる浜の秋

これは、種の浜は寂しくてならなかったとガッカリしている句文ではない。芭蕉は、漁師の小家がわずかに並んでいる浜に来て、みすぼらしい法華宗の寺で茶や酒を飲み「夕暮のさびしさ」を感じた。続く「感に堪たり」の語は、古典世界の「秋の夕暮は寂しいもの」という美学的規範を実体験できた喜びを肯定的に言っている。超感動したのである。発句はその感動を、「究極の寂しさとされている、あの須磨の秋の夕暮の景色にさえも勝るほどだ」と、種《いろ》の浜という場所を最大限にほめたたえることで表しているのである。

「元日やおもへばさびし秋の暮」句は、「元日を迎えて新年の希望を述べるならば、秋の暮の寂しさの味わいがもう今日から待ち遠しい」という趣意ではないかと思う。いわば、芭蕉は自

らの嗜好を極端な物言いで主張している。歳旦の発句には自流を喧伝《けんでん》する意味があることからしても、そのような解釈がふさわしいように思われる。

3　「ほとゝぎす正《ム》月は梅の花咲《さけ》り」——梅の花にホトトギス？

季節違いのホトトギス

次の句も、季節をわざと混ぜた〈なぞ〉の発句であろう。

ほとゝぎす正《ム》月は梅の花咲《さけ》り　芭蕉

其角編の天和三年（一六八三）六月刊『虚栗《みなしぐり》』所収、夏の部の巻頭句なので、主題は「ほとゝぎす」であり、芭蕉にも自信があり其角も評価した句である。夏の鳥「ほとゝぎす」に対して、「正月《むつき》は梅の花咲り」という全然ちがった季節の話題が提示されている。だから何だというのだろう。言わんとしていることがすぐには摑めない。芭蕉が得意げに「考えてみなさい」と要求している。

古典世界でのホトトギスについての認識は、たとえば、『枕草子』第三十八段「鳥は」の一節によく表れている。

郭公《ほととぎす》は猶、さらにいふべきかたなし。いつしかしたり顔にも聞えたるに、卯花、花橘などにやどりをして、はたかくれたるも、ねたげなる心ばへ也。五月雨《さみだれ》のみじかき夜に寝覚《ねざめ》をして、いかで人よりさきに聞かんとまたれて、夜ふかくうちいでたるこゑの、らう〳〵じう愛敬《あいぎやう》づきたる、いみじう心あくがれ、せんかたなし。六月に成ぬれば、おともせずなりぬる、すべていふもをろか也。

（ホトトギスはほかの鳥に比べてもなお、何ともいえず素晴らしい。いつのまにか得意げに鳴き始めているのに、卯の花や花橘などに宿って姿をちょっと隠そうとしているのも、心憎いまでの性格の鳥である。五月雨の季節の短夜《みじかよ》に目を覚まして、「どうにかして人よりも早く聞いてやろう」と待っていて、夜が更けてから聞こえてきたその鳴き声が、魅力的で愛敬があって、どうにも心が奪われてしかたがない。六月になってしまうと、ちっとも鳴かなくなるところまで、実に言いようもなく素晴らしいのである。）

何ともホトトギスにベタ惚れの文章である。傍線部「いかで人よりさきに聞かんとまたれて」とあるように、初夏の夜、人々はホトトギスの初声を人に先んじて聞こうとして眠らずに待つものだった。また、波線部「卯花、花橘などにやどりをして」とあるように、ホトトギスは季節の一致する卯の花や花橘の陰に宿をとる鳥というイメージを持っていた。

芭蕉の発句も、「ほとゝぎす」と置いた上五から「ホトトギスの初声を早く聞きたい」という気持ちを汲み取るべきだろう。そして、ホトトギスは卯の花に宿るという通念によって、おもてには出ていないが卯の花が梅の花に対比されていると思われる。ホトトギスは卯月《うづき》に卯の花が咲かないとやって来ないに決まっているのだが、芭蕉は「正月《むつき》は梅の花咲り」と言って「ホトトギス早く来い」とせかしているのではないだろうか。そのような表現が可能なのは、卯の花と梅の花には、「雪」になぞらえられる白い花という共通点があるからだと思う。

卯の花と雪、梅の花と雪

そこをもう少し掘り下げよう。

和歌や連歌において、卯の花と雪は連想関係にあった。一面に白く咲く卯の花の垣根を、夏なのに雪が積もったかと見立てて興がるパターンである。『後撰和歌集』巻第四・夏には、いずれもよみ人しらずの歌で、

時わかず降れる雪かと見るまでにかきねもたわに咲ける卯花
（季節にお構いなく降った雪かと見てしまうほどに、垣根もたわむばかりに咲いた卯の花。）

時わかず月か雪かと見るまでにかきねのまゝにさける卯花
（季節が違うというのに、月光か、雪かと錯覚するほどに、垣根全体に咲いた卯の花。）

と、よく似た二首が収められている。また、『堀河百首』には、「卯花」の題のもとに、

卯の花のさけるをかべをこえゆけば雪まをわくる心ちこそすれ　（顕仲）
（卯の花が咲く岡辺を越えて行くと、積もった雪を分けて進むような心地がする。）

卯の花のさけるかきねは冬ごもり友まつ雪の心ちこそすれ　（肥後）
（卯の花が咲く垣根は、冬籠もりの折に、最初に降って消え残り、次の雪が降るのを待っている雪を見る心地がする。）

うの花のかきねは雪の心ちして冬のけしきにみゆる山里　（河内）
（卯の花の咲いた垣根は雪が積もったかのように思われて、冬の景色に見える山里。）

といった歌がある。とくに三つめの河内の歌は、近世期に刊行された連歌寄合《よりあい》書（連歌のための連想語辞典）の『随葉《ずいよう》集』や『竹馬《ちくば》集』に引かれて、江戸時代初期の連歌・俳諧作者にはよく知られていた。このように、卯の花を雪に見立てることは和歌・連歌の伝統の中に定着していた。

『おくのほそ道』の白河の関の箇所に「卯の花の白妙に、茨の花の咲そひて、雪にもこゆるこゝちぞする」とあるのも、伝統的な卯の花と雪の連想関係を踏まえている。

いっぽうの梅の花と雪の連想関係はさらに古い。和歌における梅の花は基本的に白梅で、梅の花が散るのを雪が降ると見立てるのである。著名歌としては、『万葉集』巻第五の「梅花の歌三十二首」の中の、

わが園に梅の花散るひさかたの天《あめ》より雪の流れ来るかも　（大伴旅人）

（私の園に梅の花が散る。久方の（＝枕詞）天から、雪が流れてくるのか。）

の一首がある。あるいは、『古今和歌集』巻第六・冬に、

梅花《うめのはな》それとも見えず久方《ひさかた》のあまぎる雪のなべてふれれば

（梅の花を見分けられない。久方の天に霧が立ちこめ、一面に雪が降っているので。）

という梅花と雪を結んだ歌が載り、「この歌は、ある人のいはく、柿本人まろが歌なり」と注記がある。なお、梅の花と雪の連想関係は漢詩からもたらされたと考えられている。

つまり、芭蕉の発句「ほとゝぎす正《ム》月は梅の花咲り」は、「卯の花にホトトギスが来るならば、同じく雪に見立てられる梅の花が咲く正月からホトトギスに来てほしい」と言っている。無理問答めいた、俳諧的な理屈である。「正月、梅の花にだまされてホトトギスが来てくれないかな」と芭蕉は無茶なお願いをしているのである。卯の花の咲く卯月に対して三か月も早い。その早さはホトトギスを待ちこがれる心の強さの表現である。

以上の解釈の参考となるのは、芭蕉が貞享二年（一六八五）に大顚《だいてん》和尚追悼のために詠んだ、

円覚寺の大顚和尚、今年睦月《むつき》の初《はじめ》、遷化《せんげ》し給ふよし。まことや夢の心地せらるゝに、先《まず》道より其角が許《もと》へ申遣《もうしつかは》しける

梅こひて卯花拝むなみだ哉

（『野ざらし紀行』芭蕉自筆自画本）

の発句である。前書は「円覚寺の大顚和尚が今年の一月の初めにお亡くなりになったとのこと。本当に、夢のようにはかない世だなあという気持ちではあるけれど、まずは旅先から江戸の其角のもとにこの句を送った」という内容。大顚和尚は其角の参禅の師で貞享二年正月四日に歿した。芭蕉は前年冬から旅に出ていて、四月になって尾張滞在中に訃報を聞いた。同じ発句を記した四月五日付の其角宛て書簡が伝えられている。「梅こひて」は、薫り高い梅花に喩えて

大顚和尚の高徳を慕う意味を込めた表現である。同時に、大顚和尚の遷化した正月初めに咲いていたであろう梅の花を想像している。そして「卯花拝むなみだ哉」は、「今はもう四月なので、梅の花に代えて卯の花を拝んでは涙している」と言っている。それはやはり、ともに「雪」に見立てられるような白い花だからこそであろう。「ほとゝぎす正月は梅の花咲《ム》り」句と共通の発想である。

『挙白集《きょはく》』「はちたゝき」の影響

ちなみに、ホトトギスを夏以外の季節に移すという発想において、芭蕉は木下長嘯子《ちょうしょうし》の『挙白集《きょはく》』巻第十所収の歌文「はちたゝき」(鉢叩き)の影響を受けていると見られる。長嘯子は秀吉の正室寧《ね》子《ね》の甥で小浜城主だったが、関ヶ原合戦後に隠居した。近世初期には歌を詠む隠士として人気の人物で、家集『挙白集』は長嘯子の歿した慶安二年(一六四九)に出版された。同書から歌文「はちたゝき」を引く。

いつより有ともしらぬふるきなりひさごの器、持仏の具に得たり。をのづから茶湯の水さしによろし。また花をいけ、くだものをもる、一物三用にたる。ふたのうらにはことやうなる人かたあり。空也の遺弟とかいふなる。よりてこのものをはちたゝきとなづく。いつも冬になればさむき霜夜のあけがた、なにごとにかあらん、たかくのゝしりて大路をすぐる。かれが声いとたへがたく、めざめて、不図《ふと》聞つけたるは卯花《うのはな》のかげにかくるゝこゝちす。

はちたゝきあかつきがたの一こゑは　冬の夜さへもなくほとゝぎす　　天哉

（いつ作られたとも知れない古い瓢箪《ひょうたん》の器を持仏の道具に手に入れた。もとより茶の湯の水差しによろしい。また、花を生け、果物を盛るので、一つの物で三つの用が足りる。蓋《ふた》の裏には変わった人物の姿が描かれている。空也上人の遺弟とからしい。それでこの瓢箪を「鉢叩き」と名付けた。毎年冬になると、寒い霜夜の明け方に、何事を唱えているのやら、大きな声を出して大路を通る。その声はとても心に沁みて堪え難く、目を覚まし、ふとそれを聞きつけると、ホトトギスが卯の花の陰で鳴いたかのように思われる。歌、「鉢叩きの暁の時分の一声は、冬の夜にまでもホトトギスが鳴くと喩えたくなるような、待ち遠しい、心に沁みる声だ。」天哉＝長嘯子。）

「はちたゝき」とは、十一月十三日の空也忌から大晦日まで、時宗寺院の半僧半俗の住人が、鉦《かね》や瓢箪《ひょうたん》を打ち鳴らし念仏や和讃（仏菩薩などを讃える和語の歌謡）を唱えながら、洛中を勧進して歩いたり洛外の墓所をめぐったりした、京の町の冬の風物であった。彼らは「空也の遺弟」と称した。文章の終わりのほうに「かれが声いとたへがたく」とあるのは、情趣が優れているという肯定的な評価であろう。「卯花のかげにかくるゝこゝちす」は、前述の「ホトトギスは卯の花に宿る」という通念を利用して、「ほとゝぎす」と言わずに「ホトトギスの声を聞いたみたいだ」という比喩の意を表したものである。そして結びの歌一首に至って、暁時分の鉢叩きの声を「いわば冬の夜のホトトギス」と呼んで称賛している。芭蕉は長嘯子から、このような季節の上で一見矛盾する表現の方法を学んだものと思われる。
長嘯子「はちたゝき」の影響下にある句としては、芭蕉が貞享元年(一六八四)に詠んだ、

桑名本当寺にて
冬牡丹千鳥よ雪のほとゝぎす
(『野ざらし紀行』芭蕉自筆自画本)

も挙げることができる。「冬牡丹の頃に聞こえてくる千鳥の声は、雪の中で聞くホトトギス、とでも言うべきだ」という句意であり、千鳥の声にはホトトギスの声と同等の情趣があったと誉めている。「雪のほゝとぎす」という一見矛盾する表現の背後には、やはり真白い卯の花のイメージが潜んでいよう。この句については、山田孝雄《よしお》氏がつとに『俳諧語談』(角川書店、一九六二)所収の「長嘯子の挙白集と蕉門の俳諧」において、長嘯子「はちたゝき」が典拠であると指摘していた。

さらには、長嘯子の「はちたゝき」を直接取り込んだ、

長嘯の墓もめぐるかはち敲《たたき》　(『いつを昔』)

という元禄二年(一六八九)の芭蕉発句もある。長嘯子の墓は京都郊外東山の高台寺にあり、長嘯子に気に入られて文章にも書かれた鉢叩きの人々は、その墓にもめぐって行くだろうと言っている。芭蕉が歌文「はちたゝき」を記憶し、長きにわたり俳諧に利用しようと心掛けていたことが分かる。

4 「誰《たれ》やらが形に似たり今朝の春」——「誰やら」って誰のことやら?

「誰人《たれひと》います」

さて、また別の〈なぞ〉の句に移ろう。ここではまず芭蕉自身が謎解きをしてくれている例に触れたい。

都ちかき所にとしをとりて
薦《こも》を着て誰人《たれひと》います花のはる　芭蕉　(『其袋《そのふくろ》』)

元禄三年(一六九〇)の歳旦句と伝えられる。『其俤』は芭蕉の弟子の嵐雪の編で、同年六月の序を持つ俳諧撰集である。前書の「都ちかき所」とは、具体的には近江の国の膳所《ぜぜ》の義仲寺《ぎちゅうじ》にあった、「松寿坊」なる人物所有の庵であった。また、「としをとりて」とは、数え年で年齢を表した昔なら誰もが元旦に一つ年を取るので、新年を迎えたことをこう言ったものである。なお、歳旦句とは俳諧師による新年の挨拶句のことで、前年の暮のうちに作られるものだった。それを集めた出版物が「歳旦集」で、俳諧師それぞれのその年々の俳諧の流儀を世間に告知する役割を持っていた。現代で言えば、俳句雑誌の新年特別号のようなものだ。

芭蕉はその年の一月二日付の荷兮《かけい》宛て書簡に「都の方《かた》をながめて」の前書を添えて「薦を着て」一句を記し、「撰集抄の昔を思ひ出候まゝ、如此《かくのごとく》申候」(『撰集抄』に書かれている昔のことに思いを馳せまして、このような発句を詠みました)と自注している。

発句の上五「薦を着て」とは、「乞食《こつじき》」のスタイルを言っている。「乞食」は単に物乞いを生きる手段とすることばかりではなく、仏道修行の一つのあり方でもあった。「薦を着」ることに関しては、元禄五年(一六九二)二月執筆と推測される芭蕉の俳文「栖去之弁《せいきょのべん》」にも、

風雅もよしや是《これ》までにして、口をとぢむとすれば、風情《ふぜい》胸中をさそひて、物のちらめくや、

風雅の魔心なるべし。なを放下《ほうか》して栖《すみか》を去《さり》、腰にたゞ百銭をたくはへて、拄杖一鉢《しゆじょういっぱつ》に命を結ぶ。なし得たり、風情終《つい》に菰《こも》をかぶらんとは。

（俳諧を追求するのももうやめにして句を詠まないでいようとすると、外界の好風景が我が胸の中をかき乱して、得体の知れないモノが目の前にちらちらする。これが俳諧の魔に取り憑《つ》かれているということであろうか。そこで私は何もかも捨て栖《す》みかを去り、腰に穴あき銭百文だけをくりつけて、杖一本と鉄鉢一つを携え托鉢《たくはつ》によって命をつなぐことにする。我ながらでかしたぞ、俳諧の風情を求めて歩くために、ついに菰をかぶり乞食《こつじき》になろうとは。）

とある。この文章からは晩年の芭蕉の「乞食《こつじき》」への強い憧れが分かる。芭蕉は俳諧の「風雅」を追い求める自らの生き方を、仏道修行としての「乞食」に重ね合わせようとしていた。

また、続く「誰人《たれひと》います」の「います」は、存在を表す「ある」「いる」に尊敬の意が加わった動詞「ます」に接頭語の「い」が付いた語で、「いらっしゃる」「おいでになる」の意。「誰人います」なら「どなたがいらっしゃるのでしょうか」となる。

芭蕉の発句をストレートに現代語訳すると「乞食《こつじき》の姿でどなたがいらっしゃるのでしょうか、花やかな新春の京の町に」となる。これだけでは何を言いたいのか分からない変な句でしかない。その底意を解釈するためには、芭蕉が一月二日付の書簡で「撰集抄の昔を思ひ出候まゝ」

と述べていたことが大きなヒントになる。

『撰集抄』は、鎌倉時代に成立したと推測される仏教説話集で、隠逸の僧を多く採り上げて遁世思想の色が濃い。江戸時代には慶安三年（一六五〇）に出された版本が広く読まれ、以後もくり返し出版された。『撰集抄』の版本では冒頭の「序」に「西行記」とある。また、西行の和歌や行跡に関わることをいかにも西行自身が語っているかのような説話も多く載る。なので、江戸時代まで西行の著作と信じられてきたし、芭蕉も『撰集抄』を西行の著作と思っていたらしい。しかし、今日では鎌倉時代の作者が西行に仮託して書いたことが明確になっている。

『撰集抄』には世を遁れ地位を捨てて乞食《こつじき》する貴僧が何人か登場する。たとえば巻第一第三話は、都の内を「肩《かた》またき物などもきず、莚薦《むしろこも》などうちきつゝ、人の家に入て物をこ」うて歩く（肩や襟の付いたちゃんとした衣服も着ず、莚や薦を引っかけて、人の家に入って物乞いして歩く）僧のことを語る。しかし彼は、印西《いんさい》という聖《ひじり》から「法文一言葉《ほうもんひとことば》」を求められた時、「みるやいかにあだにもさける槿《あさがお》の花にさきだつ今朝の白露」（どのように見ていますか、はかなく咲いた朝顔の花に先だって落ちる今朝の白露を）の歌を残し、その後は「ふつと」姿を消してしまうのである。乞食の姿でありながら、実は貴い僧だったのである。西行に仮託された語り手は「何《いか》なる智者《ちしゃ》の、心を発《はっ》せるにておはしけるやらん、返々《かえすがえす》ゆかしく侍り」（その方は、どのような智者が発心なさっていたのでしょうか。返す返す心惹かれることでございます）と、彼の発心《ほっしん》のありようを讃えて慕っている。

『撰集抄』を〈鍵〉として芭蕉発句の〈なぞ〉を解くならば、「新春の京の町に乞食《こつじき》の姿をして人の目から隠れておいでになる貴い聖《ひじり》は、どなたでしょうか。そのような方がいらっしゃる都の春はまことにめでたい」ということになるだろう。

しかし、この歳旦句は京の人々には理解されなかったらしい。同じ元禄三年の四月十日の日付がある此筋《しきん》・千川《せんせん》宛て芭蕉書簡に、歳旦句の話題に触れて、

五百年来昔、西行の撰集抄に多くの乞食をあげられ候。愚《ぐ》眼故《がんゆえ》能人《よきひと》見付ざる悲しさに、二たび西上人をおもひかへしたる迄に御坐候《ござそうろう》。京の者共《ものども》は、こもかぶりを引付《ひきつけ》の巻頭に何事にやと申由《もうすよし》、あさましく候。例之通《れいのとおり》京の作者つく《尽》したると、さた《沙汰》人々中事に御坐候。

（五百年昔の、西行の『撰集抄』に、多くの乞食を採り上げておられます。私の眼が曇っているせいで、すぐれた人を見付けられないことが悲しくて、再び西行上人のすぐれた眼力に思いを致したまでのことです。京の者どもは、「菰を被った乞食の句を引付*の巻頭に置くなんて何事だ」と申しているとのこと、あきれたものです。「いつもながら京にはまともな俳諧作者がいない」と、私の周りの人々は評判しています。）

*「引付」は、歳旦集の主宰者が知り合いに呼びかけて提出してもらった句のこと。

と書いている。めでたくあるべき歳旦集の、それも目立つ位置にわざわざ乞食を詠んだ句を載せるなんてケシカランというのが、京の俳諧関係者の反応だったというのである。この句の〈なぞ〉を解けない、流派の違う京都俳壇の人々のことを、芭蕉は見下《みくだ》している。

また、この書簡の「愚眼故能人見付ざる悲しさに、二たび西上人をおもひかへしたる迄に御坐候」の箇所によって、発句の解釈をさらに膨らませることができる。すなわち、「私には判別できなくて悲しいのですが、かの西行上人なら貴い聖を見分けることができたはず」という、西行崇敬の思いも込められていたと言えよう。

「誰《たれ》やら」とは誰か?

「薦を着て」句がそうであったように、「誰」のような疑問の文字が入っていると、〈なぞ〉の句である可能性がいかにも高そうに思われる。芭蕉は「誰」とか言って自分でも知らないようなふりをして、読者に探り当ててみよと迫っているのではないか。

さてでは、次の芭蕉発句の「誰《たれ》やら」は誰のことだろうか。

誰《たれ》やらが形に似たり今朝の春

（『続虚栗《ぞくみなしぐり》』、および、貞享四年〈一六八七〉正月廿日付寂照宛て歳旦状）

まず資料的な整理をしよう。『泊船集《はくせん》』（風国編、元禄十一年〈一六九八〉刊）など「形」を「姿」とするテキストがあるが、資料としての信頼度に劣る。やはり芭蕉に近い其角によって出版された『続虚栗』や芭蕉書簡の「形」の形を信ずべきだろう。また、もっと後年の『芭蕉翁発句集』（蝶夢編、安永三年〈一七七四〉刊）には「嵐雪が送りたる正月小袖を着たれば」という前書がある。また、芭蕉発句注釈書『芭蕉句選年考』（積翠著、寛政年間〈一七八九〜一八〇一〉成）にも、支《し》考《こう》の談として「嵐雪が妻、芭蕉に紙衣《かみこ》を贈りける時の句なり」という記事がある。正月小袖と紙衣では随分違うが、芭蕉が弟子の嵐雪あたりから何らかの衣料をもらったという点は一致している。だが、重要なのは『続虚栗』に前書なしで載り、寂照宛て歳旦状にもそうした説明がなかったことであって、これは仲間内の贈り物とは無関係に一句だけで独立し完結している作品として解釈すべきであろう。嵐雪や嵐雪が妻云々は、この句の〈なぞ〉を解けなかった人々が、後から合理化を図ってこしらえた伝説の類だと思う。

先行注釈書を概観すると、一句の完結性という点は江戸時代の注釈者にとっては当然の前提だったらしく、古くは発句そのものだけから解こうというアプローチが普通で、その場合「今朝の春」を「誰やらが形に似たり」の主格と見る説が多数派であった。新春の雰囲気が「誰やら」の形に似ているというのである。それが具体的にどんな人物のことかについては、「光源氏或《あるい》は在五《ざいご》中将なんどの衣《い》冠《かん》優艶《ゆうえん》の姿」（蓼太著、宝暦九年〈一七五九〉刊『芭蕉句解』）、つまり光源氏や在原業平のような貴族の美男子が正装している姿だとか、「上﨟《じょうろう》」（鶚沙著、安永五年〈一七七六〉序『蕉翁句解過去種』）、つまり身分の高い女性とかの説があった。いずれにせよ、「新春は、誰やら上流社会の気品ある人物に似ている」というのである。

　しかし、明治期に内藤鳴雪が嵐雪正月小袖贈与説を踏まえて、「自分の姿が今朝は常の自分でなく誰れか他の人の姿に似てゐるよ此春の始めの今朝はと打興じたのである。固《もと》より嵐雪に貰つたのであれば、嵐雪に似たと言つてもよいのじやがそれを嵐雪と直接に指さず、婉曲に誰れやらと言つたので面白くなつた。又身分不相応な美服を貰つたと挨拶の心持もある」（『芭蕉俳句評釈』大学館、一九〇四）と解してからは、江戸期主流の解釈は顧みられなくなった。ただ、鳴雪も「嵐雪と直接に指さず、婉曲に誰れやらと言つた」とぼやけた言い回しをしていたように、近代以降の注釈者もさすがに「誰やら」を句中にない嵐雪と言い切りはしなかった。するとどうなるかと言えば、「誰やら」は不特定の他者ということにならざるを得ない。

　近年のそのような解釈の一例を示す。「世俗の人なみに正月小袖などを着こんだ今朝のわが姿は、いつもの自分らしくなく、誰か他人のように見えるというので、感謝の気持と照れくささとが半ばずつを占める。また、歳旦の受けとめ方に気負いが消え、興じる余裕が生じていることに注目したい。この句は明らかに芭蕉の自画像で、これほど私的な歳旦吟も珍しいのではないか」(乾裕幸氏『芭蕉歳時記』富士見書房、一九九二)。

確かに「今朝の春」を主格とする江戸期の解釈では貞門ふうの見立てを用いた単純な構文の句となり、貞享四年時点の芭蕉にしては古すぎてふさわしくないと思う。だが、不特定の誰かに新年の自分が似ていると気付いたという近現代主流の解にしても、あまりに漠然としていて当時の人々に受け容れられたかどうか疑問である。それは極端に訳せば「お正月自分が自分じゃないみたい」という近代ふうのナルシスティックな独白であって、芭蕉の俳諧ではない。俳諧としてどこが面白いのかと問われても答えられないだろう。

芭蕉が自信を持って『続虚栗』編者其角に手渡したであろうこの発句の趣向を、これまでの注釈は捉えられずに来たのではないだろうか。言い換えれば、これは芭蕉が読者に投げかけた〈なぞ〉だったのに、注釈者は「芭蕉はそんな意地悪な句を詠まない」という根拠のない信頼のもと、句の表現をいわば額面通りに受け止めようとしてきたのではなかったか。

新春は老いを嘆く時

芭蕉は〈なぞ〉の答えとして「誰やら」に当たる特定の人物を想定していたという前提で、これまでと違う解釈の可能性をさぐってみたい。

「今朝の春」は新春の意であるが、「薦を着て」句について述べた中でも少し触れたように、数え年では元旦になれば人みな平等に一歳ずつ加齢する。年の初めはめでたいながら老いが積もる時でもある。老人は新年を祝うのと同時に老いを嘆く。そのことは、たとえば、『拾遺和歌集』巻第十六・雑春、よみ人しらずの、

あたらしき年は来れどもいたづらに我が身のみこそふりまさりけれ
（新しい年は来たけれども、虚しくも、我が身だけは年を取っていよいよ古びて行くよ。）

の一首にストレートに詠まれていたし、その後も新春に老いを嘆く和歌の系譜は綿々と連なっている。そのような和歌伝統を前提にして、問題の芭蕉句に、

「〈芭蕉自身が〉誰やらが形に似たり。〈また一つ年齢を加えた〉今朝の春。」

のように言葉を補ってはどうだろうか。そしてその場合には「誰やら」が誰であるかはおのずから明らかであろう。芭蕉は自分の親、おそらくは父親を想定していたと思われる。

「今朝、新春が来て、私もまた一つ歳をとる。その我が身を振り返るに、どうも誰かさんに容貌が似てきたようだ。自分が子供の頃には歳をとって見えた父親に。」

また、「誰やらが姿」ではなく「誰やらが形」であることにも注意したい。「姿」は衣装を含

む外見全般を表現するにふさわしい語であるのに対して、「形」は顔だちを主とする身体そのものを言うのにふさわしい語である。歳をとって父に似てきたという話なら、当然「形」とするほうが適当である。従来の諸注は、ついつい「誰やらが姿」という異文の影響を受け、衣料を贈られたという説にも惑わされて、解釈してきたのではないだろうか。

右のように読み取るならば、この句は「私的な歳旦吟」(前掲乾氏の言)であることをやめて、普遍的な初老の感慨の込められた歳旦吟になる。ただ、芭蕉個人の「私的な」事情を考慮に入れることは、あながち無意味ではないだろう。貞享四年の芭蕉は四十四歳、当時としてはもう立派に老人であった。芭蕉は十三歳で父と死別したというから、父の面影が記憶にあったとして不自然ではないし、四十四歳は父の命数をすでに超えた歳ではなかったかと思う。

〈なぞ〉の新たな展開

芭蕉が「謎」という語そのものを使ったという記録が一つ残されている。元禄七年(一六九四)十月十二日に芭蕉が亡くなったあと、弟子の支考は諸方に残された芭蕉の発句を集めて歩き、また芭蕉最晩年の言行を書き記すなどして翌八年『笈日記』の名で刊行したが、その一節である。元禄七年七月の初めに、芭蕉が大津の木節亭に遊んだ時のこと。

ひや〳〵と壁をふまへて昼寝哉

「此句《この》はいかにきゝ侍らん」と申されしを、「是《これ》もたゞ残暑とこそ承《うけたまわ》り候へ。かならず蚊《か》屋《や》の釣手《つりて》など手にからまきながら、思ふべき事をおもひ居ける人ならん」と申《もうし》侍れば、「此謎は支考にとかれ侍る」とて、わらひてのみはてぬるかし。

(芭蕉先生が「この句はどのように解釈するね」とおっしゃったので、私が「これもきっと残暑の句に違いないと考えます。きっと、蚊屋の吊り紐なんかを手に絡ませながら、思わずにいられないことがあって物思いしている人の姿でしょう」と申し上げると、「この謎は支考に解かれたな」と、笑ったばかりでそれ以上のお話はなかった。)

芭蕉の発句は「ひや〳〵」が秋の季語で、昼寝をして壁の冷たさを足の裏から感じようとしている場面。「残暑」がテーマであることは確かである。支考はそれに付け加えて、昼寝している人物の姿勢から、その人は物思いに耽っていると分析した。

芭蕉は傍線部「此謎は支考にとかれ侍る」と支考の読み取り方を認めた。支考の解が一〇〇%芭蕉の意図に合っていたかどうかは知れがたいし、それについては措《お》きたい。問題にしたいのは、ここで芭蕉が用いた「謎」という語はどのような〈なぞ〉だったかである。それは中世的な字謎でもなく、「聞句《ききく》」のタイプの〈なぞ〉でもなく、何らかの知識を〈鍵〉として導入することで解ける〈なぞ〉でもない。場面を描写している句からどのような心情が読み取れるかを問うている、句の余情を答えとして要求する〈なぞ〉だったと思われる。あたかも大学入試・現代国語・小説文の設問のようだ。

晩年の芭蕉のもとで、〈なぞ〉の句はまた新たな変異を起こしていたと見える。

第五章　蛙《かわず》はなぜ飛びこんだか——「古池」句のあそび

1 「山吹や蛙《かわず》飛込む水の音」――〈なぞ〉の句にしてパロディ句

『袋草紙《ふくろぞうし》』の「数奇《すき》の者」の逸話

コレクションの趣味を持つ人はたいてい、世間一般の常識と別次元の「こだわり」によってモノを収集する。同好の士にしか通じない価値体系を持っている。

その分野のコレクター人口が大きければ、集めたモノに市場価値が生まれる。切手やコインや、指輪とか腕時計とかスニーカーといった身につける品、それにオーディオや器《うつわもの》のたぐいは、元手のかかるコレクションであって、集めた本人がいなくなっても財産として残るから結構なことである。古典文学研究の分野で言えば和本の古書の収集がそれに当たるだろう。貴重な和本をたくさんお持ちの先生方には、リストと、それぞれの本の解説と、価格の目安を書き残しておいてほしい。ぜひ。

そんなに金銭的余裕のないコレクターは「自分の足で稼ぐ」ことになろう。鉄道のスタンプ・ラリーや記念乗車券、寺社の御朱印帳、昆虫や植物の標本、各種病院の診察券、歌手やスポーツ選手といった有名人のサインなんかがそのたぐいだろう。中には他人には理解しがたいモノに執着する場合もある。たとえば、全国各地のカップ酒のカップ、書店がただでくれる栞や紙のカバー、あちこちの海岸の砂や石などなど。幼い子供が箱いっぱいに、ダンゴムシとかどんぐりとか駄菓子のオマケとか飼い猫が落としたヒゲとかを集めるのと大差ない。爪切りで切った自分の爪を貯めているなんて人もいると聞く。残されたって捨てるほかはなさそうだ。

私にコレクションと言えるものはない。ただ、仕事柄長年にわたり増殖繁殖した本や紙焼き写真資料が生活空間を圧迫しているのは、意図せぬコレクションと言えようか（和本の古書はわずかしかないが）。無価値なモノを「こだわり」のために拾って帰るという意味では、芭蕉『おくのほそ道』の記述に出てくる事物を手元に置きたい気持ちならある。以前、宮城県岩沼市の「武隈《たけくま》の松」を訪ねた時に拾って帰った松ぼっくりが、いま本棚の片隅にある。山形県の立石寺（山寺）の蟬や、福井県の種《いろ》の浜の「ますほの小貝」なんかも、チャンスがあれば拾いたい。それも自分で足を運んで拾うことに意義があると思う。

傍目《はため》には無価値にしか見えないモノを大事がるコレクターは昔の歌人の中にもいた。保元三年（一一五八）頃の成立の、歌人の説話を多く含む藤原清輔《ふじわらのきよすけ》著の歌論書『袋草紙《ふくろぞうし》』に、コレクター同士がお宝を自慢し合う話がある。貞享二年（一六八五）の版本によって引用する（括弧・句読点・振り仮名を適宜加えた）。

加久夜《かくや》の長《おさ》の帯刀節信《たちはきときのぶ》は数奇《すき》の者也。始めて能因に逢ひて相互に感有り。能因が云く「今日見参《けんざん》の引出物に見すべき物侍り」とて、懐中より錦の小袋を取り出す。其《そ》の中に鉋屑《かんなくず》一筋あり。示して云く「是は吾が重宝也。長柄《ながら》の橋造るの時の鉋くづなり」と云々。時に節信、喜悦甚しうて、又懐中より紙に裹《つつ》める物を取り出せり。之《これ》を開きて見るに、かれたるかへるなり。「これは井堤《いで》のかはづに侍り」と云々。共に感歎して各《おのおの》之を懐にして退散すと云々。今の世の人は嗚呼《おこ》と称すべき歟《か》。

（加久夜の長の帯刀節信は、「数奇《すき》の者」である。初めて能因法師に会って、互いに感激し合った。能因が言った。「今日、お目にかかりました引き出物として、ご覧に入れたい物があります」。懐から錦の小袋を取り出す。その中に鉋屑が一筋入っていた。それを示して能因が言うには「これは私の大切な宝で、「長柄《ながら》の橋を造った時の鉋屑」なのです」。その時節信は大いに悦び、自らもまた懐から紙に包んだ物を取り出した。それを開いてみると、中身はひからびた蛙であった。「これは「井堤《いで》の蛙」でございます」などと言う。ともに感嘆して、それぞれのお宝を元の懐に戻し、別れて帰ったとかいうことだ。今の世の人ならば「馬鹿馬鹿しい」と言うことだろうか。）

キー・ワードは「数奇《すき》の者」である。ここでは常軌を逸するほどの和歌世界へのこだわりが「数奇」である。『袋草紙』には「数奇の者」の逸話がたくさん紹介されている。

登場人物の一人、能因法師は『後拾遺和歌集』時代の歌人で、有名な「数奇の者」だった。彼が大事に懐にしていた鉋屑の出処《でどころ》「長柄《ながら》の橋」とは、摂津の国、淀川の支流の長柄川にかかっていた橋で、『古今和歌集』巻第十七・雑上の、

世中《よのなか》にふりぬるものは津の国のながらの橋と我となりけり　　よみ人しらず
（この世の中で古くなってしまったものと言えば、名に「長」とあるあの摂津の国の長柄の橋、それに、私であった。）

がよく知られた歌である。ここから、「長柄の橋」は長い時間を経た物の代表となった（ただし後代には、「失われて今はない物」の象徴ともなった）。

もう一人の帯刀節信《たちはきときのぶ》もまた「数奇の者」であった。彼が干物にして紙に包み持ち歩いていた「井堤のかわず」とは、同じく『古今和歌集』の巻第二・春下に、

かはづ鳴く井手の山吹ちりにけり花のさかりにあはましものを　　よみ人しらず
（蛙が鳴いている井堤の玉川の山吹の花は散ってしまっていたよ。花の盛りの時に逢いたかったのだけれど。）

と詠まれた蛙である。井堤は山城の国にある「井堤（井手）の玉川」、現在の地名で言えば京都府綴喜《つづき》郡井手町を流れる川で、ＪＲ奈良線の玉水駅が最寄り。数年前に行ってみたが、親水公園に「蛙塚」の碑があり蛙の石像が置かれていた。

最後の「今の世の人は嗚呼《おこ》と称すべき歟《か》」の一文は『袋草紙』の著者・藤原清輔のコメントで、能因の時代から約百年下った清輔の時代にはそのような「数奇の者」は笑われるばかりだと、世の人の和歌への執着心の衰えを嘆いているのである。いつの世にも、古き時代を懐かしんで「今はダメだよな」と言う人はいるものだ。

一見取るに足りない鉋屑と干からびた蛙の死骸を、お宝として自慢し合うなんて、そして「感歎」し合うなんて。常識人からすれば「嗚呼《おこ》」以外の何物でもないのだが、和歌に関係する事物に憧れる「数奇」の観点からはきわめて賞賛に値する行為なのだ。ここまでやるのが「数奇の者」なのである。おそるべし、「数奇の者」。

初案は〈なぞ〉の句でかつ古典のパロディ

芭蕉は貞享二年（一六八五）の春、次の句を詠んだと見られる。

山吹や蛙《かわず》飛込む水の音

この、上五を「山吹や」とする句形は、「貞享二年春」と年時の記されている鳴海《なるみ》下郷家伝来の懐紙にも、支考《しこう》著で元禄五年(一六九二)刊の俳論書『葛《くず》の松原』にも載っており、詠まれた経緯については異なった情報が語られているものの、「古池や」句の初案として存在したことは確実である。これらの資料については追って詳しく述べる。

この初案は表面的には和歌の素材だけで成り立っていて、俳諧らしさがどこにあるのか分かりにくい。これは、『袋草紙』の語る帯刀節信の逸話を〈鍵〉とする〈なぞ〉の発句なのではないか。「山吹＋蛙」の組み合わせは、その二つを名物とする山城の国の歌枕「井堤《いで》の玉川」が舞台であることを示している。その上で、

「帯刀節信はきっと、山吹の花の咲く頃に、わざわざ井堤の玉川まで出かけていって、蛙をつかまえようと追い回したのだろうね。その時にはボッチャンボッチャンと、逃げる蛙どもが井堤の玉川にとびこむ水の音が聞こえただろうよ」

という滑稽な想像句と解くことができ、そう解いてこそ初めて俳諧になる。すなわち、この初案は〈なぞ〉であると同時に『袋草紙』という古典文学のパロディでもあるのだ。それも、芭蕉は帯刀節信を突き放して戯画化しているわけではなく、その「数奇の者」ぶりに共感を寄せ、

敬意を表していると見るべきだろう。

芭蕉の貞享二年の行動をたどって、右の解釈の裏付けとしたい。

その年の仲春二月下旬頃、芭蕉は奈良でお水取りを見てから京に上《のぼ》った。途中で井堤の玉川に立ち寄った可能性もあろう。そして京の西郊の鳴滝《なるたき》にあった、秋風《しゅうふう》という俳人の別荘に半月ほど滞在した。秋風は芭蕉より二つ年下で、呉服を扱う富商の三井家に生まれて一時は江戸店《えどだな》二軒を任されていた。だが秋風は遊蕩に耽り、鳴滝に花林園《かりんえん》と称する別荘を構えて隠者を気取りながら贅沢三昧の暮らしをした。一方、芭蕉が秋風の別荘に滞在する直前に、京の書肆、中川茂兵衛と中川弥兵衛が連名で『袋草紙』を出版した。刊記の日付は「貞享二年乙丑仲春吉辰」である。「仲春」はすなわち二月。となれば、秋風が花林園の客をもてなすためにさまざまな書籍を用意し、その中に新刊書の『袋草紙』もあって、芭蕉が鳴滝滞在中にそれを読んだというようなことは、いかにもありそうに思われる。

その後、芭蕉は同年三月上旬に京を離れ、近江の大津を経由して三月下旬には尾張にいた。三月二十七日、熱田(現在の名古屋市熱田区内。東海道の宮《みや》の宿)の白鳥山法持寺において、芭蕉は叩端《こうたん》・桐葉《とうよう》(この二人は熱田の俳諧作者)とともに三吟歌仙俳諧を巻いた。その発句と脇句は、

何とはなしに何やら床し菫草《すみれぐさ》　　芭蕉

編笠《あみがさ》敷きて蛙《かわず》聴き居る　　　　叩端

であった。歌仙は闌更《らんこう》編で安永四年(一七七五)刊の『蓬萊島《よもぎがしま》』に収録されている。「何とはなしに」句は、「大津に至る道、山路をこえて」との前書を持つ発句、

山路来て何やらゆかしすみれ草　　(『野ざらし紀行』芭蕉自筆自画本)

の初案と見られる。芭蕉はその春の道中に大津附近で得た句を、熱田の連衆に披露して発句としたのであろう。

「自分でも理由がよく分からないのだけれど、スミレの花を見ると心惹かれるなあ」と言っている。叩端の脇句は、芭蕉らしい旅人の行動を付けている。

「(芭蕉さん、あなたは)編み笠を尻に敷いて蛙を聴きなどして、旅をしてきたのですね。」

叩端のこの「蛙《かわず》を聴く」という発想は、芭蕉が「何とはなしに」句とともに「山吹や蛙飛込む水の音」句をも熱田で披露したことを受けて、その「蛙」と「水の音」を取り込んだ結果ではないだろうか。

なおそれからの芭蕉は、夏になってすぐの四月四日、桐葉・叩端とともに鳴海宿(現在の名古屋市緑区鳴海町)の庄屋、下里勘兵衛(のちに俳号を「知足」と言った)方を訪れて一晩泊まり、二十

四句の俳諧を興行した。そして熱田に一度戻ってから、四月九日にもまた下里家に一泊し、俳諧歌仙を興行した。四月十日、芭蕉は鳴海を発ち、そのまま江戸への帰途につき、四月末には江戸に帰着した。この、芭蕉が江戸に戻った時期は、上五の再案「古池や」がいつ成ったかという問題に関わってくる。

後年の資料からではあるが、芭蕉が帯刀節信の逸話を利用した句例を補っておこう。其角編で元禄三年(一六九〇)刊の『いつを昔』に、

松島行脚《あんぎゃ》の餞別《せんべつ》

月花を両《りょう》の袂《たもと》の色香哉　露沾《ろせん》

蛙《かわず》のからに身を入《いる》る声　翁

という発句と脇句が載っている。露沾は磐城平藩主の次男・内藤義英《よしひで》であり、内藤家の江戸屋敷にて成った付合であろう。前書に「松島行脚の餞別」とあるので、元禄二年(一六八九)春、芭蕉が陸奥への旅に発つ直前のことと考えられる。芭蕉はきっと前年の旅(いわゆる『笈の小文』と『更科紀行』の旅)の成果の句をいくつも示したに違いない。それを受けて露沾は、「吉野の花・更科の月を我が物として両の袂に入れたかのような、芭蕉翁の風雅の色香よ」

と、芭蕉を讃える発句を詠んで餞別とした。すると芭蕉は脇句で旅立ちの挨拶として、「井堤の蛙の骸《から》を生き返らせて声をあげさせるかのように、これから行く旅によって古人の数奇を現実のものとして参りましょう」という内容の答えを返した。もちろん帯刀節信の持ち歩いていた「かれたるかへる」のことを踏まえている。芭蕉にとっての「蛙《かわず》の骸《から》」は、「数奇」の象徴だった。この脇句は、芭蕉自らも古き文芸世界へマニアックに傾倒していることを示している。

2　「古池や蛙とびこむ水の音」——芭蕉の「数奇《すき》の者」宣言

下郷家伝来の芭蕉書簡

芭蕉が何度も泊まった鳴海宿の下里家は、芭蕉や西鶴の書簡をはじめ貴重な俳諧資料を伝えて来たことで知られる家である。安藤直太朗氏は「鳴海蕉門瑣言《さげん》」という論稿（『国漢研究』八十一号〈一九三五・十〉、八十三号〈一九三六・二〉、八十五号〈一九三六・五〉）で、「下郷主次郎八《じろはち》氏蔵」として、下里家に伝えられた芭蕉の書簡を六通紹介し翻刻した。ちなみに、下里家は「クダリ」と読まれることを嫌ってある時期から家名を「下郷」に改めたという。安藤氏は「下郷本家現主次郎八氏は知足十世の孫で、先年家蔵の国書、漢籍、史書合計壹千八百六十六部、四千七百三十五冊を氏の母校八高に寄贈され現に同校内に下郷文庫として保存されてゐる。この小稿は昨年冬、私が実地について探り得た資料をもとにして綴った覚書である」と述べる。八高は名古屋大学の前身である。同論稿は一九六二年に鳴海町史編纂委員会編・鳴海町土風会発行の「なるみ叢書」の第六冊『鳴海と芭蕉翁』に収録されたが、八高に寄贈された下郷文庫について「戦災にて焼失」との註記が新たに加えられていた。

左は安藤氏が翻刻した芭蕉の書簡六通のうちの一通である。翻刻の通りに掲げる。

古池

山吹や蛙とびこむ水の音　芭蕉

蘆の若葉にかゝる蜘蛛の巣　其角

貞享二年春

先達而の山吹の句上五文字此度句案かへ候間別に認遣し候、初のは反古に被成可被下候。

此度其角上方行脚致し候。是又宜御世話頼入候　芭蕉

知足様

この書簡は現存を確認できない。残念ながら罹災《りさい》して「焼失」したのであろうか。だが、少

なくとも安藤氏が実見したことは確かで、資料情報としての信憑性は高い。この書簡の記事はどのように読み解けるだろうか。

なお、安藤氏が一通の「書簡」として報告した右の資料は、厳密に言えば「貞享二年春」の行までの俳諧発句・脇句の懐紙と、残る後半部分の通信文とから成っている。以下にはそこを区別して述べてゆくことにする。

其角の脇句の解釈

芭蕉の発句「山吹や蛙とびこむ水の音」についてはすでに解釈を示した。では、其角の脇句「蘆《あし》の若葉にかゝる蜘蛛の巣」はどのような意味だろうか。

この脇句には和歌における「難波の芦」の伝統が意識されていると考えられる。その伝統上の主要な歌は、

津の国のなにはの葦《あし》のめもはるにしげきわが恋人しるらめや　　紀貫之

（摂津の国の難波の地、淀川下流の芦は、「春」ともなれば「芽も張る」さまとなり、ひろびろとした芦の原に「目も遥」かに、鮮やかな緑の新芽が伸びてくる。その芦の芽吹きのようにとどめがたい私の恋心を、あの人は知ってくれているのだろうか。〈『古今和歌集』巻第十二・恋二〉）

正月許《ばかり》に津の国に侍りける頃、人のもとに言ひつかはしける　　能因法師

心あらむ人に見せばや津の国の難波わたりの春のけしきを

（正月ばかりに摂津の国におりました頃、ある人のもとに送った歌／歌枕の情趣を理解できる人に見せてあげたい。かつて貫之が恋を歌った、摂津の国の難波の舟渡りの春の景色を。〈『後拾遺和歌集』巻第一・春上〉）

西行法師

津の国の難波の春は夢なれや芦のかれ葉に風わたる也

（貫之や能因が讃えた摂津の国の難波の春の景色は、夢だったのか。今は、芦の枯れ葉に風が吹き渡る冬景色だ。〈『新古今和歌集』巻第六・冬歌〉）

の三首である。能因法師は貫之の歌を踏まえて春の歌を詠み、西行法師は先人二人の歌を踏まえながら季節をずらして冬の歌を詠んでいる。能因歌・西行歌はともに謡曲「芦刈《あしかり》」に引かれ、それによってもよく知られていた。また、西行は同じ能因歌を本歌として、有名な、

こゝろなき身にも哀はしられけりしぎたつ沢の秋の夕暮

（『新古今和歌集』巻第四・秋歌下）

の歌も残している。「心あらむ人に見せばや」を裏返し「こゝろなき身にも哀はしられけり」と卑下してみせている。

其角は、貞享元年（一六八四）の春から秋にかけて大坂・京に遊んだ。其角の脇句「蘆の若葉にかゝる蜘蛛の巣」は、一見風景を単純に描写した句のように受け取れるが、「難波の芦」を詠んだ三首を踏まえての含意を汲み取るならば、「紀貫之が「なにはの葦のめもはるに」と詠み、能因が讃嘆しました「難波わたりの春のけしき」。西行が訪れた時は「芦のかれ葉に風わたる」風景でしたけれど、私が行った時は芦に若葉が芽ぶき、蜘蛛の巣がかかっておりました」ということであろう。能因法師の言う「心あらむ人」の列に加わりたくて私も難波の芦原まで行って来ました、蜘蛛の巣にはマイリマシタと、其角は言いたいらしい。そう読んでよいとすれば、「数奇の者」を自認しての振る舞いを誇る、いくぶん自慢げな報告のように感じられる。

懐紙の書かれようから推《お》せば、当初「山吹や蛙飛込む水の音」に対して其角の脇が付けられたと見られる。その場合の発句と脇句の関係は、全体としては、発句の背景にある帯刀節信の逸話に対して、『袋草紙』で彼と対面した能因法師の詠んだ「津の国の難波わたりの春のけしき」を、対比的に連想して付けたのである。さらに、細かな言葉の選び方としては、春の花「山吹」に付けるべく、西行歌の「芦のかれ葉」を応用して春の植物《うえもの》「芦の若葉」を詠み込み、生類《しょうるい》の「蛙」に同じ生類の「蜘蛛」を組み合わせている。井堤の春の水辺《すいへん》と難波の春の水辺の対照でもある。

その後で推敲がなされて、発句の上五文字が「古池や」に変更されたようだ。それはどのような意図による推敲だったのか。

「古池」句の誕生

当初の発句と脇句では精神性に若干のズレがあった。「山吹や」の発句は、「数奇の者」である帯刀節信の行動を第三者の立場から思い描くにとどまっていた。それに対して「蘆の若葉」の脇句は、前年の難波探訪を踏まえた春の「難波の芦」の現地報告として、其角自身が「数奇の者」であることをほのめかしていた。発句に手を入れ芭蕉もまた「数奇の者」であることを主張したいのだが、どうしたらよいだろう……と、芭蕉は其角と一緒にあれこれ考えたものと思う。その結果ついに探り当てた上五文字が「古池や」だったのではないか。「古池」と言った時、発句の現在地は深川の芭蕉庵に跳び、場面は芭蕉本人が蛙を追いかけるありさまに一転した。当時の芭蕉庵のそばに池があったことは、「草庵の月見」と前書のある「明月や池をめぐつて夜もすがら」の貞享三年の芭蕉発句（『続虚栗』）があって確かである。
——すぐ目の前に古池のある江戸深川の芭蕉庵で、昔の「数奇の者」、帯刀節信の真似をして、芭蕉庵のあるじが蛙を追い回しているよ、つかまるまいと蛙どもが古池に飛び込む水の音が聞こえてくる——。

時間に沿ってこの推敲の経緯をたどっておきたい。貞享二年四月末江戸に戻った芭蕉は其角に対して十か月に及んだ旅の成果の俳諧を語った。すると芭蕉の「山吹や」の発句に其角は「蘆の若葉にかゝる蜘蛛の巣」と脇句を付けた。その後に芭蕉の発句にも修正の手が加えられて上五を「古池や」とする再案句形が成立した。そこで尾張鳴海宿の下里勘兵衛（知足）宛てに新たな懐紙を送り、句形の変更を書簡で報じた。改案は夏に成ったのではあるが、発句と脇句の季が春なので懐紙には「貞享二年春」とだけ書き付けたのであろう。

その懐紙に続く通信文を、前引の安藤直太朗氏の翻刻をもとに振り仮名や読点を加え、現代文を添えよう。

先達而《せんだって》の山吹の句、上《かみ》五文字、此度句《このたびく》案《あん》かへ候《そうろう》間、別に認《したため》遣《つかわ》し候、初《はじめ》のは反古《ほご》に被成《なされ》可被下《くださるべく》候。此度、其角上方行脚《かみがたあんぎゃ》致し候。是又宜《よろしく》御世話頼入《たのみいり》候。　芭蕉／知足様

（せんだっての「山吹」の句の上五文字を、このたび句の発想を変えまして（「古池」に改め）、別

の懐紙にしたためてお送りしました。初めの懐紙は反古《ほご》になさってください。（このように詠み変えましたのは）このたび其角が上方を行脚いたしました（からなのです）。これまたお世話をお頼み申します。芭蕉／知足様）

芭蕉は、貞享二年の三月から四月にかけての尾張滞在中、同地の複数の俳諧作者に「山吹や蛙とびこむ水の音」の懐紙を書いて贈ったと推測される。ところが江戸に帰ってから上五を「古池や」に改めたので、人数分の新しい懐紙を送り届け、尾張の連衆のもとに残した懐紙を差し替えて句意を説明してほしいという「御世話」を依頼したものと、この通信文の大筋は読むことができる。だが、「此度其角上方行脚致し候」は分かりにくい。これは其角の脇句についての解説ではないだろうか。芭蕉が鳴海で『袋草紙』の逸話を語り能因を話題にしていたとすれば、この簡略さであっても下里勘兵衛には意味が通じたと見ておきたい。

なお、この懐紙・通信文は従来も『芭蕉句選年考』に引かれて知られていた。それは石河積《いしこせき》翠《すい》著の、写本で流布した芭蕉発句注釈書で、寛政年間（一七八九～一八〇二）までに成ったとされる。そして、同書における当該の記事には、同様の懐紙本文と通信文に加え、積翠による次のような情報が記されていた。

右真蹟、其角筆にて古池と直し、幷《ならびに》、脇の句は其角自筆にてありと、或行脚《あるあんぎゃ》の僧語れり。信偽はいまだ不知《しらず》。

（右の真蹟は、其角の筆蹟で「古池」と直し、それに、脇の句は其角の自筆であったと、ある行脚の僧が語っていました。それが正しいかどうかは、いまだ分かりません。）

つまり「古池」の二文字と脇句は其角の筆蹟だったという「或行脚の僧」からの伝聞情報である。脇句は其角の句だから其角自筆というのはもっともである。芭蕉が尾張の連衆にあらためて懐紙を届けるに当たり、其角の協力を得てサービスしたと考えられる。そしてさらに「古池」二文字も其角の字だったのであれば、その改案を提案したのは其角だったという可能性があろう。原資料を確認できないからには結論の出ない問題だが、其角が「古池や」への改案を提案したということも充分有り得ると思う。

ただし、通信文には不審な点がある。それは宛名が「知足様」と書かれていることである。「知足」は下里（のちに下郷）家の二代当主吉親《よしちか》（一六四〇生～一七〇四歿）の俳号であるが、貞享五年（一六八八）が初出なのである。貞享二年当時の彼は法号の「寂照《じゃくしょう》」をそのまま俳号として用いていた。つまり、芭蕉が貞享二年に「知足様」と書く可能性はなかったと言ってよい。そこがこの通信文の大きな疑問点であり、芭蕉が書いた書簡そのままが伝えられているとは認めがたい。そのような眼から見れば「此度其角上方行脚致し候」の箇所が理解しにくいことも、通信文を疑わせる要素と言えるだろう。

しかし、安藤直太朗氏の実見の報告のほかにも、其角の脇句があったという名古屋の芭蕉門人・越人《えつじん》の『不猫蛇《ふみょうじゃ》』における証言（本章4節に述べる）や、ここに詳しくは説明しないが、後代の下郷家当主から江戸の俳諧師の蓼太（一七一八〜一七八七）らがその懐紙を見せてもらったという記録（『水の音』）がある。『芭蕉句選年考』に言う「或行脚の僧」も、下郷家で見せてもらった一人だったのであろう。さらに、後述する支考著『葛の松原』にも、句の誕生シーンの描かれ方は異なるものの、「山吹」なる初案があったことが語られていた。したがって、懐紙・通信文の全体を一括《ひとくく》りにして否定し去ることもまた、できないと思うのである。通信文には疑問があるとしても、少なくとも、芭蕉・其角の発句・脇の書かれた「貞享二年春」の真蹟懐紙が存在したことはかなり確かなのではないか。

「古池」句の載った三つの俳書

前述のように、「古池」句は「帯刀節信のような「数奇の者」に憧れた芭蕉が、芭蕉庵の前の池で蛙を追い回している」という句意として成立したと考えられる。だとすればそれは、芭蕉が追い求める俳諧の方向を指し示す、江戸の芭蕉門弟グループにとって効果的なキャッチコピーの出現でもあった。「芭蕉庵に行けば古人の数奇を体験できるぞ」である。「古池」句は、江戸の芭蕉庵をメッカとし、「数奇の者」たる俳諧師・芭蕉の宣言として機能したのではなかったか。

その後「古池」句は三つの俳書に載せられ、世間に向けて発信された。まず、貞享三年(一六八六)三月下旬の刊記を持つ『庵桜《いおざくら》』がもっとも早い。ただしその形は、

古池や蛙飛ンだる水の音　　芭蕉翁　桃青

というものだった。『庵桜』は、宗因の門人で摂津の国の桜塚に住む談林派の俳諧師・西吟《さいぎん》が編んだ俳諧撰集である。『庵桜』で「飛込む」が「飛ンだる」となっていることは不審で、芭蕉周辺に「飛ンだる」の句形を裏付ける資料は見あたらない。句稿が届けられる過程で伝達上のミスがあったのかもしれない。そうでなく意図的な修正だとすれば、それは西吟が「古池や蛙飛込む水の音」では俳言《はいごん》(非・雅語)がないと判断して、「飛ンだる」という俗語表現を入れた可能性が大きい。当時、俳書の編者にはそれぐらいの裁量は許されていた。

次に、『庵桜』にひと月遅れて、貞享三年閏《うるう》三月の刊記を持つ『蛙合《かわずあわせ》』が出た。これは「古池」句を起点にして企画された小規模な俳書である。編者は江戸に住む芭蕉門人の仙化。蛙に材を取った発句ばかり四十句を二十番の句合《くあわせ》にしている。句合とは、左句・右句と二人の

発句を番《つがい》にして、どちらの勝ちか、または「持《ぢ》」(引き分け)かを判定し、批評文「判詞《はんじ》」を添える形式である。『蛙合』全体で二十番に追加一句を付して四十一の発句を収める。

同書の巻頭第一番に、

左　　　　　　　　　　　　　　芭蕉
古池や蛙飛こむ水のおと
右　　　　　　　　　　　　　　仙化
いたいけに蝦《かわず》つくばふ浮葉哉
此《この》ふたかはづを何となく設《もうけ》たるに、四となり六と成《なり》て一巻にみちぬ。かみにたち下におくの品、をの〳〵あらそふ事なかるべし。

のように「古池」句が置かれた。仙化の右句は「蓮の浮き葉に、蛙がいじらしく這いつくばっている」という内容で、ここからは「古池」句の「蛙」に対する敬意を読み取ってよいだろう。判詞によれば、芭蕉句と仙化句とを何となく番《つが》えて句合が始まり、四番、六番と次第に番数《ばんかず》が増えて一巻の書となったという。この第一番の判詞は「上下を争わぬがよい」と言っており、つまりは持《ぢ》の判定である。

『蛙合』の企画は、「蛙《かわず》」が芭蕉俳諧の旗印、トレードマークとなっていたことを示している。芭蕉門人にとって「蛙」を詠んで同書に名を連ねることは門人としての宣誓であり、他門の作者にすれば芭蕉俳諧への賛意の表明だったのではないだろうか。

続いて、貞享三年の八月下旬の刊記を持つ『春の日』にも「古池」句が収められた。『春の日』は名古屋の荷兮《かけい》が編んだ俳諧撰集である。かつて貞享元年（一六八四）冬、芭蕉は名古屋滞在の折に同地の連衆と五歌仙を巻いた。彼らは翌年にそれを『冬の日』という名の俳書に編んで刊行した。『春の日』は『冬の日』の続編である。「古池」句は前書なく、

古池や蛙飛こむ水のをと　　芭蕉

の形で載る。前述のように、当初は上五が「山吹や」の初案を尾張の人々に披露していた経緯があって、芭蕉としては修正後の句形の周知のためにも『春の日』にこの発句を提供したのではないかと想像する。

出版物以外では、貞享四年（一六八七）に染筆された芭蕉自筆の四季句集『あつめ句』にも収録されている。ほかにも、芭蕉自筆の短冊や懐紙が複数残されている。

3 「草にあれたる中より蛙《かわず》のはいる響」——語り直された「古池」句

その後の芭蕉が語った別の解釈

やがて芭蕉は「古池」句について別の解釈を語ることがあったと思われる。それは、深川の芭蕉庵を知る者であれば「芭蕉が帯刀節信の真似をして追いかけるもので蛙が古池に飛び込む」という話の面白さが分かるが、他国の門人には通じにくいという事情があったからではないだろうか。芭蕉の「数奇の者」志向を表現したというのは、江戸での芭蕉の暮らしぶりをよく分かっているグループ内でこそ「さもありなん」と笑って受け入れられる、いわば内輪受けする解であった。江戸から離れた場合、芭蕉庵と切り離した別の説明が必要だったのだろう。

伊賀の門人、土芳が著した俳論書『三冊子《さんぞうし》』の「白双紙《しろそうし》」に、次のような記事がある。

詩歌連俳はともに風雅也。上三《かみさん》のものには余す所も、その余す処迄《ところまで》俳はいたらずと云ふ所なし。花に鳴く鶯も、「餅に糞《ふん》する椽《えん》の先」と、又《まだ》*正月もおかしきこの頃を見とめ、又、水に住む蛙も、「古池に飛込む水の音」といひはなして、草にあれたる中より蛙《かわず》のはいる響に、俳諧をきゝ付けたり。見るに有り、聞くに有り、作者感ずるや句と成る所は、則ち俳諧の誠也。

＊ここの原文「又」は宛て字で、「まだ」の意だろう。

これは俳諧の特性を述べた文章である。芭蕉の教示に基づき土芳が整理して書いたと考えられる。最初に、俳諧は漢詩・和歌・連歌と同等の文学的営為であって、さらに広範な対象を詠むものであると言う。次に、芭蕉の発句二句を具体的な例として示している。そして、目で見、耳で聞いて作者が感興を覚えたのであればすべてが俳諧としての正当な表現になるのだと説いている。その頃の芭蕉は伊賀の弟子たちにこうした文脈で俳諧を指導していたと推測される。

「花に鳴く鶯」のほうの句はすなわち、

鶯や餅に糞《ふん》する縁の先

である。元禄五年(一六九二)二月七日の杉風《さんぷう》宛て芭蕉書簡に記されたのが初出で、同年正月の発句と見られる。「鶯や」句は、鶯が餅に糞を落としたことに「又《まだ》正月もおかしきこの頃を見とめ」(まだ正月のめでたい気分の残る初春の感覚を見つけ出し)た発句であるという。「古池や」句は「草にあれたる中より蛙のはいる響に、俳諧をきゝ付け」た(茂って荒れた草の中から蛙が水に入ってゆく響きに、俳諧らしさを聴き取った)句であるというのである。これが、芭蕉晩年の「古池」句の自句解を伝えていると見られる記事である。

鶯と蛙の組み合わせが、紀貫之による『古今和歌集』仮名序の、「花に鳴く鶯、水に住む蛙の声を聞けば、生きとし生けるもの、いづれか、歌を詠まざりける」(春の花に鳴く鶯や、水に住む蛙の声を聞けば、生きとし生けるもの、すべてが歌を詠むのだと分かる)の部分を踏まえていることは明白であろう。芭蕉は、和歌とは何かを説いた仮名序に倣い、同じ鶯・蛙の一対《つい》によって俳諧とは何かを説こうとしたと考えられる。

鶯や蛙が本当に歌を詠んだ説話

つまり、その頃の「鶯や」句と「古池や」句の芭蕉自句解の背景には『古今和歌集』仮名序があったようだ。そして、仮名序の本文だけを素材として取り上げるのではなく、その後ろに広がっていた鶯と蛙をめぐる説話の世界にも、注目すべきであろう。

『古今和歌集』仮名序には古来たくさんの注釈があるが、芭蕉の当時に読まれていたものとして、時宗僧で二条派歌人の頓阿《とんあ》(一二八九生〜一三七二歿)による『古今和歌集頓阿序注』がある。そこに「鶯」と「蛙」に関して、次のような和歌説話が記されている(傍点は筆者)。

鶯の歌に

初春のあした毎《ごと》にはきたれども逢はでぞかへるもとのふるすに
又、かはづの歌に
住よしの浦のみるめし忘れねばかりにも人に又と問れし
あまねく人のしりたる事なれば、具記《つぶさにシルサ》ず。鶯の歌は、むかし、大和国葛城山《かづらき》に僧侍りしが、ちごにおくれてなげき悲しみ侍。春のはじめに鶯の来たりて、初陽毎朝来不相還本栖と鳴。文字にうつして見れば、右の歌なり。其後、僧の夢につげていはく、我はうせにし児《ちご》なりしが、花に執心を残し侍るゆへ鶯と成《なり》たり。又、坊主のなげきあさからず辱《かたじけ》なさのまゝ朝毎《あさごと》にはきたれども、しる人なきゆへに逢《あわ》でぞ帰るとなん申《もうす》云々。又、蛙の歌の事、日本記に、むかし紀の吉貞《よしさだ》と云人、つまにをくれてなげきかなしみ、すみよしの浦に行て忘れ草をたづね侍けるに、草村のなかよりかわづひとつ出て行けるを、吉貞あとにつきて行程《ゆく》に、真砂の上をあゆみゆく。あとを見れば初めの歌也。

（鶯の詠んだ歌に、

「初春の……（私は、初春の毎朝ここに来るのだけれど、恋しい人に逢えずに、もとの古巣に帰ります。）」

がある。また、蛙の歌に、

「住よしの……（住吉の浦には海草のみるめがありますが、あなたは私を「見る目」で見た（恋をして逢った）ことを忘れずにいてくださったのでしょう、かりそめにもあなたは私にまた逢いたいと訪ねてきてくださいました。）」

がある。広く知られていることなので、詳しく書くまでもない。鶯の歌は、昔、大和の国の葛城山に僧がおりましたが、かわいがっていた稚児が死んでしまったために嘆き悲しんでいた。そんな折、春の始めに鶯が来て、「初陽毎朝来不相還本栖」と鳴く。書き取って見れば、右の「初春の」の歌だった。その後、僧の夢に鶯が現れて告げた。

「私は死んでしまった稚児ですが、花に執着心を残して死んだために、鶯に生まれ変わりました。また、あなたの嘆きが深いのがかたじけなくて、毎朝ここに来ましたけれど、知っている人がいなかったもので、あなたに逢えずに帰りました」

と言ったとかいうことだ。また、蛙の歌の事は、『日本記』に書かれている。昔、紀の吉貞という人が、妻に死なれて嘆き悲しみ、住吉の浦に行って（恋しい人を忘れられるという）忘れ草を探し求めていたが、草むらの中から蛙が一匹出てきたので、吉貞がそのあとについていったところ、蛙は真砂の上を歩いてゆく。その足跡を見てみると「住よしの……」の歌であった。）

この注釈の伝える蛙の和歌の説話の、とくに傍点の部分が、『三冊子』の「草にあれたる中より蛙のはいる響」という表現の由来と思われる。

『三冊子』の「鶯や」句と「古池」句

鶯や蛙が本当に歌を詠んだという説話と重ね合わせて考えるなら、『三冊子』が語ろうとした二句の意味は以下のように解けるだろう。

まず「鶯や」句。

――芭蕉翁は「鶯や餅に糞する縁の先」と詠まれた。「花に鳴く鶯」が春のはじめに人の住居にまでやってきて、「初陽毎朝来不相還本栖」すなわち「初春のあした毎には……」などとでも鳴いて歌を詠むかと見ていたら、縁側の先に洗って干してあった正月の餅に糞を落とした。鶯は鶯なりに初春をことほぐ心を持っていて、まだ正月のうちの晴れがましい感覚を表現しようと、餅に装飾をほどこしてみせたのだ――。

そして、「古池」句。

――芭蕉翁はまた、「古池や蛙飛込む水の音」とも詠まれた。「水に住む蛙」が草ぼうぼうの「古池」、手入れのされていない荒れた池のふちに現れた。「住よしの浦のみるめし忘れねば」云々の歌を足跡に残してでも行くかと見ていると、そんなことはせずに、そのまま池に飛び込んで、歌どころではない水の音を立てたばかりであった。けれどもそれは、蛙なりに春のなかばの季感を体現してみせたのだ。蛙は水の音を立てることで啓蟄《けいちつ》をことほいだのだ――。

芭蕉は、鶯や蛙が歌を詠んだという伝説を逆手にとって、「そんな鶯や蛙にはお目にかかったことはないけれど、そういえば彼らは時に和歌の心を知っているような振る舞いをする」と言い立てたのであり、そこをこの二句の俳諧の表現として説いたものと思われる。鶯や蛙の振る舞いに、強いて「風雅」の心――和歌の伝統を尊重する姿勢――を見出して興じているとも言えよう。

この時、芭蕉は「古池や」という〈なぞ〉の句の、〈鍵〉を取り替えたのである。『袋草紙』の帯刀節信が持ち歩いていた蛙の干物から、蛙が本当に歌を詠んだという説話に。

「から崎の」句でも芭蕉は句解を変えた

ここで、第三章の2節で取り上げた「から崎の松は花より朧にて」句に、もう一度触れておきたい。過去の自句について芭蕉自身が解釈を変えたという点が、「古池」句と共通するからである。

元禄四年(一六九一)刊の其角著の俳話集『雑談集《ぞうたん》』の冒頭に、其角による「から崎の」句についての論議と、それを受けた芭蕉の発言の記録がある。其角は元禄元年に上方を旅行して、伏見の俳諧の席に連なった際に、人から「芭蕉の名句はどれか」と尋ねられた。其角は「から崎の松は花より朧にて」の美しさを讃えて、其《その》けしきこゝにもきらくとうつろひ侍るにや。
（その景色が目の前にキラキラと動いているようではありませんか。）

と答えた。すると、その座のまた別の人が「その句には切れ字がない」ことを指摘して非難したので、其角は「にて」が「哉」に通じていることを主張した。後日、その論議を芭蕉に申し上げたところ、芭蕉は、

一句の問答においては然《しか》るべし。但し予が方寸《ほうすん》の上に分別なし。いはば、さざ波やまのの入江に駒とめてひらの高根のはなをみる哉只眼前《がんぜん》なるは。
（その一句を議論する上ではあなたの言い方でよろしい。ただし、私の心においては、そのような考えから判断したのではない。いわば、「さざ波や……（さざ波寄せる近江の真野の入江に駒を止めて、比良山の高嶺の花を見るよ。）」の歌のように、ただ「眼前」だよね。）

とおっしゃった、という。

「只眼前なるは」とは

このやりとりをどう理解すべきであろうか。

其角は芭蕉とともに長年にわたって謡曲調俳諧になじんできた。「から崎の」句が「鉢木」の「云《いい》かへ」だったことを、其角は当然承知していたはずである。そこに言及しないのは、其角にとっても芭蕉にとっても、謡曲の言葉を「云かへ」て利用する手法が元禄の初め頃にはすでに古くさくなっていたからだろう（第三章参照）。「其《その》けしきこゝにもきら〳〵とうつろひ侍る」という句評は、句の来歴にこだわらず其角自身の批評眼によって、発句に具わった美を新たに見出した結果であろう。

その其角の見解を聞いた芭蕉の答えは、批評としてのステージが一段階上だった。「にて」留めの論はそれでよいが、私の心（＝方寸）においてはそのように理屈で考えているわけではなく、「さざ波や」の歌のように「只眼前なるは」、というのである。

「眼前」という語は、もちろん「目の前」の意味もあるのだが、歌論の批評用語としては「目の前に情景が浮かぶように詠まれた歌」の意味で用いられた。たとえば『角川古語大辞典』に「がんぜんのたい【眼前體】」の項目があって、「歌学用語。目の前に見るように詠んだ歌の風体。見様体《けんよう》。」と説明されている。

引用歌は『夫木和歌抄』春部四に所収の源頼政の歌、

あふみぢやまののはまべに駒留めてひらの高ねの花をみるかな

である。『雑談集』の引用とは傍線部が異なっている。いずれにせよ「駒を止めてそれから比良山の高嶺の花を振り仰ぐ」という動きのある表現が、比良の高嶺の花をおのずから思い浮かべさせるような、視覚的イメージの追体験に享受者を誘っていると、芭蕉は感じていたのであろう。

つまりはこの時、芭蕉は自らの古い句に新たな批評的解釈を与えたのである。

「頼政の歌のような「眼前体」の発句だね」

と。其角の「其《その》けしきこゝにもきら〳〵とうつろひ侍る」という鑑賞の語の影響もあろう。

ちなみに、去来も俳論書『去来抄』に「から崎の」句の話題を記しているが、去来は其角の『雑談集』に多くを負って書いていた。ただし、「眼前」を自己流に捉えて「即興感偶」、つまり芭蕉が実際に景色に望んで感興を催して詠んだ句と解釈しており、それは行き過ぎだったように思われる。

現在「から崎の」句の注釈は、どのような景色かは諸説あるものの、景色を主題とした「景《けい》気《き》」の句と見るものがほとんどである。だがそれは、最初に詠まれた時の発想とは異なる、晩年の芭蕉とその周辺の批評から導かれた解釈なのである。

4 「言外《ごんがい》の風《ふ》情《ぜい》、この筋にうかびて」——支考の描いた「古池」句誕生シーン

『葛《くず》の松原』における「古池」句

さて、「古池」句について能弁に語るのは、芭蕉門人の支考による俳論書、元禄五年（一六九二）刊の『葛《くず》の松原』である。

支考は各務《かがみ》氏、美濃の出身で芭蕉よりも二十一歳年下。青年期を禅寺に過ごしたという。元禄三年（一六九〇）、二十六歳の三月に近江で芭蕉に入門し（入門時期は本人の申し立てによる）、同四年冬には芭蕉と同道して江戸に下った。同五年の二月から六月にかけて芭蕉の奥羽行脚の跡をたどり、江戸に戻って俳論書『葛の松原』をまとめ、同年中に京の書肆・井筒屋庄兵衛から刊行した。支考が出羽に赴いて語った芭蕉流の俳論を、鶴岡の不玉が羽黒の図司左吉（呂丸《ろがん》）のもとで聞き書きして江戸への土産にしたという体裁を取っている。不玉も図司左吉も、芭蕉の『おくのほそ道』中に名が残る出羽の俳諧作者である。

『葛の松原』は、「古池」句の誕生シーンを次のように描く。

芭蕉庵の叟《おきな》、一日嗒《とう》焉《えん》トシテうれふ。曰ク、「風雅の世に行はれたる、たとへば片雲の風に臨めるがごとし。一回は皂狗《そうく》となり、一回は白衣《びやくえ》となつて、共にとゞまれる処をしらず。かならず中間の一理あるべし」とて、春を武江の北に閉給《とじたま》へば、雨静《しずか》にして鳩の声ふかく、風やはらかにして花の落る事おそし。弥生も名残おしき比《ころ》にやありけむ、蛙《かわず》の水に落る音しば〳〵ならねば、言外《ごんがい》の風情《ふぜい》、この筋にうかびて、「蛙飛こむ水の音」といへる七五は得給へりけり。晋子《しんし》が傍《かたわら》に侍りて、「山吹」といふ五文字をかふむらしめむかとをよづけ侍るに、唯「古池」とはさだまりぬ。しばらく論《これをろんずるに》レ之、山吹といふ五文字は風流にしてはなやかなれど、古池といふ五文字は質素にして実《じつ》也。実は古今の貫道なればならし。されど華実《かじつ》のふたつはその時にのぞめる物ならし。柿本人丸の「ひとりかもねむ」と読《よめ》る哥は、かばかりにてやみなむもつたなし。定家の卿もこの筋にあそび給ふとは聞侍《ききはべり》し也。しかるを山吹のうれしき五文字を捨てゝ、唯古池となし給へる心こそあさからね。「頓阿《とんあ》法師は風月の情に過《すぎ》たり」とて、兼好・浄弁のいさめ給へるとかや。誠に殊勝の友なり。

ざっと内容を追ってみよう。前半部と、「しばらく」以下の後半部に分ける。

芭蕉翁が、ある日、我が身を忘れたようになって物思いに耽っていた（「嗒焉《とうえん》」は、『荘子』の「斉物論第二」の冒頭に出てくる語。魂が身体から離れているような状態）。「俳諧が今の世の中で行われているさまは、たとえばちぎれ雲が風に吹かれているようなものだ。ひとたびは黒い犬のようになり、ひとたびは白い衣のようになり、極端に移り変わっていずれにせよ留まるところを知らない。かならずその中間に一つの理があるはずだ」と言われる。それは、春、江戸の北のあたりに閉じこもっておられた頃のことだったので、雨が静かに降って鳩の深い声が聞こえ、風が柔らかく吹いて花が落ちるさまもゆっくりだった。弥生三月も名残惜しい頃であったろうか、蛙《かわず》が水に落ちる音が間を置いて聞こえてくる。そこで言葉になる以前の風情が芭蕉翁の俳諧の心に浮かんで、やがて、「蛙飛こむ水の音」という七五の表現を手に入れなさった。その時晋《しん》子《し》（其角）がそばにいて、「山吹」という五文字を上に乗せてはどうかと出しゃばって言った。結局はただ「古池」と決定された。

しばらく、その上五文字の良し悪しを論じてみよう。「山吹」という上五は風流で華やかだが、「古池」という上五は質素で実《じつ》である。「実」は古今の文芸を貫く理念であるからこそ、芭蕉翁は「古池」と定めたのであろう。けれども華実《かじつ》の二つの理念をどう使い分けるかはその時その時で違ってくるはずだ。柿本人丸（人麿）が「足引の山鳥の尾のしだり尾の長々し夜をひとりかもねむ」と詠んだ歌が華ばかりで終わっているのはよろしくない。定家卿も華を追い求めて詠歌したと聞いております。ところが芭蕉翁は、「山吹」という魅力的な華の上五を捨てて、ただ「古池」となさった。その心は浅いものではない。「頓阿法師は風月に対する華美な心がありすぎる」と、兼好や浄弁がいさめなさったということだ。それこそまことによき友である。

晩年の芭蕉は旧作の解釈を変更した

これまでのほとんどの注釈は、右の『葛の松原』の記事の前半部分を、事実を書いたものとして扱ってきた。そして多くの場合それを最重要資料として「古池」句の解釈を施してきた。しかし、支考の入門時期から言って「古池」句誕生の場に支考が立ち会ったはずはない。それでも、『葛の松原』が刊行された元禄五年は芭蕉の歿する二年前であり、なおかつ芭蕉が江戸にいた時期に編まれた本なので、支考が芭蕉や江戸の芭蕉門人らから得た情報をもとに書き、芭蕉の了承を得たものと見られてきた。

だが、『葛の松原』の描く「古池」句誕生シーンははたして事実だったか。本章でここまで「古池」句の来歴を述べてきた通り、私は事実ではなかったと見ている。そして、新たに二つの視点を置くことで、「古池」句成立事情がこのように語られた理由を明らかにできるのではないかと考えている。

それはまず第一に、最晩年の芭蕉には以前と異なる発句批評の姿勢があったという視点である。その頃の芭蕉は過去の自らの句作について、詠んだ時点での背景や発想を捨てて解釈を変えることをためらわなかった。その一例が、前節の「から崎の松は花より朧にて」の発句の場合である。かつて謡曲「鉢木」の「云かへ」として詠まれた句だったのに、そうしたことばあそびの解釈を封印し、句の表現そのものが美しい景色を眼の前に浮かびあがらせるという其角の批評を承認した。「古池」句も本来は〈なぞ〉の句であったのに、そして『三冊子』から推測できるように〈なぞ〉の〈鍵〉を新しいものに取り替えたりもしたのに、芭蕉は「古池」句を〈なぞ〉の句として扱うことをやめ、新しい評価基準に照らしての新しい解釈を与えようとしていたのではないか。

その、芭蕉最晩年の評価基準とは何だったのだろう。それを理解するためには、支考による後年の説明ではあるが、『俳諧十論』（享保四年〈一七一九〉序・跋）の第五「姿情ノ論」に、

誠や、今の俳諧といふは、古池の蛙に姿を見さだめて、情は全くなきに似たれども、さびしき風情をその中に含める。風雅の余情とは此いひ也。

（本当に、今の俳諧は、「古池の蛙」の句のように、「姿」をはっきり表現して、「情」はまったくないかのように見せながら、寂しい風情を「姿」の中に含んでいる。「風雅の余情」とはこういうことである。）

とあることが参考になる。ここから遡って考えるに、晩年の芭蕉は発句の評価基準を「余情」の有無に置いて語っていたようだ。元禄五年（一六九二）頃にはだいぶ古い作となっていた「古池」句についても、「この句の余情は？」と芭蕉から支考に質問する機会があって、支考は『葛の松原』の文章のようなパラフレーズを試みたことがあったのではないか。

また、第四章の４節で言及した、「ひや〳〵と壁をふまへて昼寝哉」句をめぐる芭蕉と支考の問答は、発句の斬新な解釈を支考に求めた点で、「古池」句の場合と同様の事例だったと考えられる。

華実論の具体例として持ち出された「古池」句

第二の視点は、『葛の松原』のその文章が書かれた目的を確認すべきだという見方である。支考の主張の中心は、引用の後半部分「しばらく之《これ》を論ずるに」以降の「華・実」をものさしにした文芸評論にあったのであり、「古池」句の成立した状況の話題は「華・実」を具体的に説くための例示に過ぎなかったと思われる。つまりそもそもが「古池」句を論ずるための文章ではなかったのではないか。文章の目的をそのように見るならば、前半部の「古池」句に関する記述が成立場面の芭蕉の心理描写と推敲の経緯の説明で終わっていて、句の解釈を述べようとはしていないことも、腑に落ちる。支考は「古池」句を解釈しようとなどしていない。「春の末、古池に蛙の飛びこむ音が間遠に聞こえる静謐な芭蕉庵で、芭蕉翁が思索に耽っていた」ということしか言っていない。その思索は「華・実」論についてであって……と後半部に続く。支考は、上五が「古池」に定まったのは芭蕉が「華・実」の「実」を選んだことだと言っているのだが、確かに晩年の芭蕉には「実」を重視する姿勢があった。元禄七年三月に書かれた『不玉宛去来論書』の冒頭で、

世間の俳諧、花過《か》て実《じつ》少く、好むべからず。

（今の世間の俳諧は花やかさが過ぎて実意が少なく、好きになれません。）

という不玉の見解に答えて、去来は、

此《この》論至極せり。蕉翁の教《おしえ》、此《これ》を宗《むね》とす。与亦《また》十年の前、之《これ》を聞て一日も忘れず。門人何《いず》れか此旨《このむね》を聞ざらんや。

（おっしゃることたいへんごもっとも。芭蕉先生の教えはその「実」を宗《むね》としています。私もまた十年前にそのことを聞いて一日として忘れません。門人は誰もがその「実」の教えを聞いていま

す。）

と述べている。支考も常々この「宗《むね》」を聞かされて『葛の松原』の文章を書いていることは間違いない。

なお、「山吹や」の上五の提案者に其角の名前を貼り付けたのは、後半に「定家の卿もこの筋にあそび給ふ」と述べることと符丁を合わせようとしたためと考えられる。『去来抄』に、其角の発句「切《きら》れたるゆめはまことかのみのあと」について論じて、「かれ(其角)は定家の卿なり」という芭蕉の言が書き留められている。支考は、「山吹や」の上五は「華」に属する表現であって、「華・実」の「華」の歌人・定家卿に比せられる其角によって提案された、という脈絡を意識したのであろう。それは「古池」句の成立に其角がからんでいたという情報を得ていたからの記述であろうが、支考には実際の経緯に忠実であろうとする発想などなかったとすべきである。

結局、『葛の松原』の語る「古池」句成立シーンは、「華・実」を論ずる目的のためにほとんど創作されたものだったと言ってよい。芭蕉もまたそのような「華・実」論の論法を認めたのであって、「古池」句の成立が実際の経緯と違っていることを意に介さなかったものと思われる。そしてまた名前を使われた其角にしても、「から崎の」句に対しての発言がそうだったように、批評的に発句を論ずる際には事実としての確かさを求めたりしなかったに違いない。其角は『葛の松原』を読んでも、その件でクレームを付けることはなかったであろう。

元禄七年(一六九四)十月十二日、芭蕉逝く。五十一歳。芭蕉の亡くなる前後に、「古池」句が周囲から特段に注目され言及されるようなことはなかった。

さらに、宝永四年(一七〇七)二月二十九日、其角逝く。四十七歳。

芭蕉歿後、「古池」句が「蕉風開眼」の句とされたこと

支考が「古池」句をことさらに称揚することは、芭蕉歿後二十一年、其角歿後八年の、正徳五年(一七一五)刊『発願文《ほつがんもん》』に始まる。同書で支考は、芭蕉が「古池の蛙に水の音の終りを聞いて」、「古今に風雅の余情をしり」、「古今に俳諧の元祖」となったというふうに述べている。その後、享保四年(一七一九)になって、支考は俳論書『俳諧十論』を刊行し、その第一「俳諧ノ伝」で「古池」句を「蕉風開眼」の句に位置づけた。曰く、芭蕉翁は「古池の蛙に自己の眼《まなこ》をひらきて、風雅の正道を見つけたらん」と。「古池」句「蕉風開眼」説は、だから、当事者の芭蕉や其角の発言に根拠があるわけではない、かなり時間が経ってから支考が芭蕉俳諧を俯瞰して言い始めた、批評的言説である。いわば、例示にすぎなかった『葛の松原』の空想的記述を、後年支考自身が先師芭蕉の業績についての批評に転用したのである。

だが、芭蕉から直接教えを受けた門人はまだ何人か存命で、その中には支考に反発する者もいた。その代表は越人《えつじん》である。越人は名古屋俳壇の作者で、貞享期に芭蕉の門人となり、『笈の小文』の旅の一部と『更科紀行』の旅では芭蕉と同道した。先に少し触れた（本章2節）が、越人が享保十年（一七二五）に著して写本として残された俳論書『不猫蛇《ふみょうじゃ》』は、支考の『俳諧十論』に対する批判に満ちている。その時越人は七十歳ぐらいで支考は六十一歳だった。

当流開基の次韻《じいん》もしらぬゆへ、蛙飛込《かわずとびこむ》の句より翁は眼《まなこ》を開き申さるゝの、夢想に滑稽の伝を伝へられしなど妄言を申。蛙飛込の発句は次韻より十年も後に、予が所へ書越されたる発句なり。其角が脇あり、「芦の若葉にかゝる蜘《くも》の巣」といふ脇なり。

（芭蕉流俳諧の開基である『俳諧次韻』も知らないせいで、「蛙飛込」の句によって芭蕉翁は開眼なさっただの、夢想によって俳諧滑稽の教えを伝えられただのと、支考は妄言を申す。「蛙飛込」の句は『俳諧次韻』よりも十年も後に、私の所に書いて寄こされた発句である。其角の脇句があった。「芦の若葉にかゝる蜘の巣」という脇である。）

越人は、芭蕉開眼は延宝九年（一六八一）刊の『俳諧次韻』にあったと主張している。同書は、京の信徳らによる『七百五十韻』を次いだ、芭蕉・其角らによる連句二百五十句を収めた俳書である。『俳諧次韻』の十年後は元禄四年(一六九一)であるから、「蛙飛込」の句はとっくに世に出ており、その点では越人の書きぶりもおおざっぱなものではある。

しかし、支考の展開する「蕉風開眼」言説に対して越人の反発は焼け石に水であった。支考はその説を何度も語り、「古池」句は美濃派を中心とする俳諧作者のあいだで重要視されるに至った。そしてその風潮は現代にまで続いている。

享保十六年(一七三一)二月七日、支考逝く。六十七歳。ちなみに越人の最期はよく分からないが、支考よりも後《おく》れたらしい。

「古池」句は貞享二年に成立した

さて、今のところ、「古池」句は貞享三年(一六八六)に詠まれたというのが定説になっている。どのようにしてその説が定着したのかについて記しておきたい。

まず、志田義秀氏『芭蕉俳句の解釈と鑑賞』(至文堂、一九四〇)の説があった。志田氏は、『葛の松原』の前半部「春を武江の北に閉給《とじたま》へば……」を事実と認めて、場所は芭蕉庵、時は三月末頃で芭蕉と其角がともに江戸にいた年、という条件を設定した。だが、「古池」句初出の俳書『庵桜』が貞享三年三月刊行だから、句の成立が同じ時期であるはずはなく、句は貞享三年よりも前に詠まれたものとした。そして右の条件に合致するのは天和元年(一六八一)と同二年であると結論した。

この志田氏説に異論を唱えたのが、井本農一氏「「古池や蛙飛こむ水のをと」小考」〈初出は『山梨英和短期大学十五周年記念　国文学論集』一九八一・十、のちに『芭蕉と俳諧史の研究』〈角川書店、一九八四〉に所収〉である。井本氏は、「天和元年ないし二年成立説をとれば、五、六年もこの名句が伏せられていたことになり不審である。また、天和元・二年ごろの芭蕉の他の作品と比べても不審である」と述べて志田氏説を疑問視した。そして『葛の松原』を再検討し、「伝聞をいわば小説風に書いたもので、事実を忠実に記したものではない」が「全くの荒唐無稽とも思われない」という前提で、①江戸での作、②其角が「山吹や」の初五文字をつけた、③「古池や」に定まった、の三点を事実と認定した。だが、三月末としたのは支考の推測であり、「仮に貞享三年三月上旬か二月下旬にこの句を作り、『庵桜』の編者西吟に報せたとすれば、同年三月下旬刊の同書に時間的に間に合わないことはない」として、貞享三年成立説を主張した。

また、『芭蕉句選年考』が伝える「蕉翁真蹟」について、「此度其角上方行脚《かみがたあんぎゃ》いたし候。是又御世話頼入《たのみいり》候」の文面を取り上げ、「今度其角が上方に行脚しますので、旅宿の世話をお願いしますと解して、其角は貞享元年に上方を行脚して同二年春には江戸にいたのだから「貞享二年春」と書くことは不審であると指摘して、偽物と断じている。

井本氏の説の問題点は、井本氏も触れている通り、貞享三年春の末に江戸で詠まれたとされる句が同年の三月下旬刊の上方《かみがた》俳書『庵桜』に載せられたという、時間上の不合理にあった。だがその後、井本氏説に賛意を示し、蛙の種類であるとか俳書出版の実情であるとかについての状況証拠を補う論考がいくつかあって、「古池」句貞享三年成立説が今日の定説となったのである。

志田氏説と井本氏説に共通の難点は、『葛の松原』の文章の目的を「古池」句の成立について語るものと見て、「芭蕉庵の叟、一日嗒焉トシテうれふ。……唯「古池」とはさだまりぬ」の場面をある程度は事実だろうと信じたことにあった。どこまでを事実と認定するかという判断にしても、かなり恣意的だったと言わざるを得ない。それにそもそも支考の文章は発句の解説を目的としたものではなかった。「古池」句に関する記述は、支考が「華・実」を説くために芭蕉の旧作を材料として創作したものであった。また、志田氏も井本氏も、安藤直太朗氏の「鳴海蕉門瑣言《さげん》」を取り上げることがなかったのは残念である。

下郷家伝来の懐紙が伝える年時「貞享二年春」は正しいと見る私の考えは本章2節に述べた通りであり、それで貞享三年三月刊の『庵桜』に「古池」句が載ったことの時間的問題が解消される。また、同年閏三月刊の『蛙合』の編集に必要な時間を想定しても、「古池」句が前年に成立していた蓋然性は高い。

あらためて「古池」句貞享二年成立説を強く唱えたい。

終章　「芭蕉」の未来

「歌枕」展を見て

二〇二二年七月下旬の平日、東京六本木のサントリー美術館に「歌枕　あなたの知らない心の風景」展を見に行った。その直前、日本全国のコロナウイルス新規感染者数が記録を更新し、いよいよコロナ禍の第七波に突入したと報道されていた。このコロナウイルスが二〇二〇年春から流行り始めてからもう二年半近くも外出には常にマスクをして過ごしてきたのに、いまさら最大の波が来ようとは。そしてこの先ももっと大きな波が来ないとは限らないのか。いやはや。私も家人も不要な外出は控えて、混み合いそうな場所には極力近づかないようにしてきたが、でも「歌枕」展はぜひ見たかった。恐る恐る出かけてみると、東京ミッドタウンのB1のレストラン街は混んでいたが、美術館はずいぶんすいていた。家人と、「これまで見に来たこの展覧会はいつも人でいっぱいだったのにね」と話した。おかげでゆっくりじっくり見て回ることができてちょっと得をした気持ちになったのだが、その反面、コロナ禍が美術館の運営にも打撃を加え、ひいては社会全体の文化活動の停滞をもたらすことを危惧した。

「歌枕」展は力のこもった、とてもよい展覧会だった。個人的にも、この本で述べていることとにつながる、いくつもの収穫があった。

図録を買い求め、帰ってから眺めた。図録に展覧会の副題「あなたの知らない心の風景」の英訳が添えられていた。

Forgotten Poetic Vistas

直訳して日本語に戻せば「忘れられた詩的風景の数々」か。「歌枕」が一旦「心の風景」と言い換えられて、そこからさらに「Poetic Vistas」となったことは理解できる。英語力に自信はないが「歌枕」をずばり表す英単語がありそうには思えないので。そして、「あなたの知らない」が「Forgotten」と英訳されていたことに、この企画展の主張を感じた。つまり、「あなたの知らない」には「現代人は忘れているけれど、昔の人はよく知っていた」というニュアンスが込められていると見てよいだろう。

芭蕉の俳諧に通ずる話と思った。

長柄橋蒔絵硯箱《ながらのはしまきえすずりばこ》

私にとっての「歌枕」展での収穫を、少し報告したい。

「長柄橋蒔絵硯箱《ながらのはしまきえすずりばこ》」と「長柄文台《ながらぶんだい》」のセットの展示があった。大阪歴史博物館の所蔵品である。どのような歴史を持つ品か、図録の解題から引く。

長柄橋は摂津国の淀川に架かっていた橋で、たびたび損壊して再架されていたことにより、「古いもの」「壊れたもの」のたとえに用いられるようになった。また、長柄橋は『古今和歌集』仮名序において「長柄橋もつくるなりと聞く人は」と取り上げられたことによって歌人の憧れを集める歌枕となり、いくつかの説話も生み出した。その最たるものが長柄橋の橋杭で作った文台の話である。

たとえば『古今著聞集』巻第五・和歌部には、長柄橋の橋杭で作った文台は俊恵法師から伝わったもので、後鳥羽院は和歌御会の時に取り出して使用し、後嵯峨院は白河院が勝光明院の宝蔵に納めたという人丸影(柿本人麿の影像)の前にその文台を置いて和歌を披講させたとの話が所収されている。そのほか『明月記』元久元年(一二〇四)七月十六日条や『源家長日記』などでも長柄橋の橋杭で作られた文台に触れられており、特に後者では後鳥羽院が飛鳥井雅経(一一七〇~一二二一)の献上した長柄橋の橋杭で和歌所の文台を作ったという。これらの説話が示すように、長柄橋の橋杭は歌枕の聖遺物のような存在であり、特に江戸時代中期以降、しばしば遠い昔に埋もれた橋杭を発見したとして、それを用いて文台や硯箱を作ることが行われてきた。

本作もそうした経緯で作られた長柄橋の文台と硯箱の一つである。

以下、形状や文様などについての説明が続くが省略する。

本書の第五章1節で「長柄の橋の鉋屑」に触れたが、この「歌枕」展のおかげで、中世の初頭あたりから長柄の橋の橋杭の廃材を貴ぶ風潮が起こり、それを用いた硯箱や文台が遺されていることを知った。「歌枕の聖遺物のような存在」とは言い得て妙である。

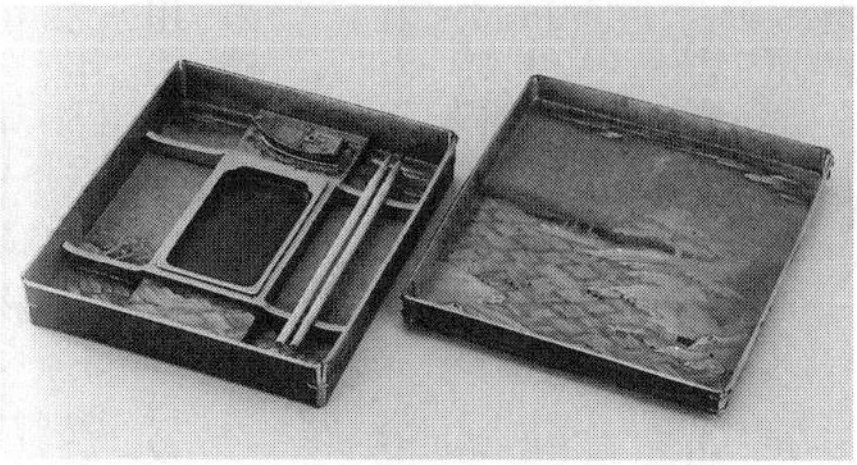

図6　長柄橋蒔絵硯箱

「長柄橋蒔絵硯箱」（図6）の蓋裏には、橋杭のみ残る長柄あたりの淀川の景観が描かれ、

君が代に今もつくらむ津国《つのくに》の長柄の橋や千度《ちたび》渡らむ

（今の御世にも摂津の国の長柄の橋を造りたいものです。その橋は「長」く続く橋でしょうから、千度も渡りましょう。〈『内裏名所百首』、藤原家隆〉）

の歌が書かれている。詳細は分からないがこの硯箱が長柄橋の橋

杭を加工した物だという伝承が付随しているのであろう。図録の解題は、類品の情報から元禄二年(一六八九)頃の製作と推定している。同解題はまた「貞享元年(一六八四)河村瑞賢による淀川治水工事」にも言及しており、想像をたくましくすれば、その淀川治水工事によって長柄橋の橋杭が掘り出され、硯箱などに作られて市中に出回ったのではないかと思われる。

「古池や」句の初案「山吹や」句は、第五章で述べたように、貞享二年の春に京都にて詠まれたと見られる。『袋草紙』が伝える、能因法師が持っていた聖遺物のかけら「長柄の橋造るの時の鉋くづ」も、その頃の上方でタイムリーな話題に関係する逸話として、人々の口の端に上っていたのかもしれない。

吉野山を描いた乾山《けんざん》の陶板

尾形乾山《けんざん》は寛文三年(一六六三)生まれの寛保三年(一七四三)歿で、芭蕉より十九歳年下、ぎりぎり同時代人と言っても許されるかと思う。「歌枕」展に、乾山が歌枕の風景を描き和歌を添えた陶板が五枚出ていた(MIHO MUSEUM所蔵)。本来八枚組の陶板であるが、歌枕の五枚だけが展示されたのである。五つの歌枕は吉野山・龍田川・住吉・伊勢の海・末の松山。そのうち吉野山の和歌は、

春たつといふばかりにやみよしの〵山もかすみてけさはみゆらむ

(立春の日が来たというだけで、今朝はもう、吉野の山も霞がかかって見えるのだろうか。〈『拾遺和歌集』巻第一・春、巻頭歌、壬生忠岑《みぶのただみね》。詞書「平定文《さだふん》が家歌合に詠み侍ける」〉)

である(図7)。

この陶板を見て、私は、乾山の時代に歌枕「吉野山」を代表する歌と言えばまずこの忠岑歌だったということを認識した。謡曲「二人静」にも、「春立つと、いふばかりにや三吉野の、山も霞みて白雪の、消えし跡こそ道となれ、消えし跡こそ道となれ」のように用いられているから、当時なら謡曲を通じて広く知られていたのかもしれない。

図7　乾山色絵陶板「吉野山」

そしてあらためて、「春が立てば霞が立つ」という和歌世界の約束事(本意《ほんい》)の強さを思った。そうした類の約束事は、江戸時代にもなるとこのような工芸品のかたちで賞翫されもして、文化の強固な基盤となって継承されていたのである。

芭蕉にもこの歌に関わりのある発句がある。左記の句を忠岑の歌と並べて読んでほしい。

奈良に出《いづ》る道のほど
春なれや名もなき山の薄霞

（『野ざらし紀行』芭蕉自筆自画本）

「春なんだなあ。吉野山では春が立つと即座に霞が立つと歌に詠まれているけれど、名もなき山にも霞が立っているね。薄い霞だけどね。」

「薄」がツボである。芭蕉はおそらく「薄」の一字によって人をにっこり笑わせようと狙っている。立春、有名な山には堂々たる霞が立ち、無名の山には遠慮がちなそれなりの薄い霞が立つというパロディである。いかにも、和歌の詠み残した素材を詠む「俳諧」らしい表現と言えるだろう。

だが、現代、和歌世界の約束事は一般に忘れられてしまっている。古い約束事を考察に加えないとしたら、この芭蕉発句は「目にしたそのままを詠んだ」と読むほかない。注釈書のほとんどがそういう方向で解釈している。それは近現代の俳句の発想法にあてはめた解釈であって、芭蕉が笑ってほしかった部分を見逃しているのである。ああもったいない。

武蔵野図屏風と吸坂焼武蔵野皿《すいさかやきむさしのさら》

「歌枕」展は入口と出口に「武蔵野」を配して対《つい》としていた。

最初の展示室に入ってすぐの位置に、サントリー美術館所蔵の優品「武蔵野図屛風」が置かれていた。図録の解題を頼りに概略を述べるなら、縦が一五五センチメートルある六曲一双の屛風で、十七世紀の成立という。画者は不明。左隻右隻とも画面前景に秋の草花を描き、左隻には遠く富士山、右隻には草の中なる大きな満月を描いている（図8）。この、右隻の月の表現は実に印象深い。歌枕「武蔵野」をそのように描くことは、

武蔵野は月の入るべき嶺もなし尾花が末にかゝる白雲

（武蔵野は広大で、月が沈んで行ける嶺もない。尾花（すすき）の穂の末に、白雲が掛かっているように見える。〈『続古今和歌集』巻第四・秋歌上、源通方〉）

および、この歌を本歌とする（あるいは訛伝《かでん》かもしれない）、

武蔵野は月の入るべき山もなし草より出《いで》て草にこそ入れ

（武蔵野は広大で、月が沈んで行ける山もない。月は草から出て、草に沈むのである。〈版本『扇の草紙』（図9）や、近世初期の連歌の連想語辞典『随葉集』に所載の、出典未詳歌〉）

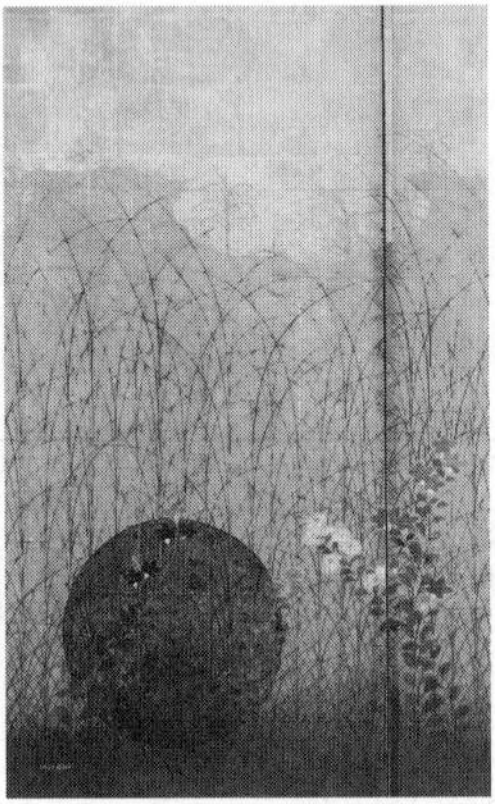

図8 「武蔵野図屏風」（右隻，部分）

図9 版本『扇の草紙』より

図10 吸坂焼武蔵野皿

の歌に根拠を持っている。この屏風の月は出る月か、入る月か。左隻が武蔵野の西の果ての富士を描くから、右隻は東の地平線から満月が出たところだろう。

対する最後の展示室、出口にいちばん近いケースの中には「吸坂焼《すいさかやき》武蔵野《むさしの》皿《さら》」(図10)が展示されていた。解題によれば、十七世紀、五枚一組、北村美術館所蔵、「瑠璃釉と柿釉を掛け分けたいわゆる吸坂手《すいさかで》の初期伊万里」で、「瀟洒な作品が多い吸坂手の中でもひと際洗練されたデザインの名品として知られる」そうである。そして銘「武蔵野」について解題は、

昭和時代の数寄者・北村謹次郎(一九〇四〜九一)の蒐集品の一つで、「武蔵野」と銘を付けたのは北村と親交のあった写真家・土門拳(一九〇九〜九〇)である。元より本作が武蔵野を表わすべく作られたものかは定かではないが、このシンプル極まる意匠が武蔵野と見え、それを理解し、共有し合える世界が近年まで確かにあったのである。果たして今、この意匠を見る人々には何に見えるのであろうか。

と述べている。右の引用の後半の「このシンプル極まる意匠が」以下の文章に、「歌枕」展を企画したキュレーターの思いが凝縮されているだろう。「歌枕」とは「Forgotten Poetic Vistas」、現代人が忘れてしまった風景なのだ。つい半世紀ほど前、北村謹次郎と土門拳のあいだでは共有されていたはずなのに。

その箇所を、私はあえて深読みしたいと思った。歌枕は、和歌の世界に心を寄せさえすればいつでも思い出せるのだから、この「歌枕」展によってそれを思い出してほしい、と言いたい

のではないだろうか。

「武蔵野図屛風」と「吸坂焼武蔵野皿」に出会って、武蔵野の深い草の中に満月が落っこちている意匠が私の胸に刻み込まれた。今回いちばんの収穫であった。

芭蕉の若い頃の発句に、

武蔵野の月の若ばへや松島種《ダネ》　（天和二年〈一六八二〉刊『松島眺望集』）

がある。「武蔵野の月が新しく芽吹いてきたよ。それは松島の月の種がこぼれたのだな」という意味で、「若ばへ」は昇ったばかりの満月を新しく芽を出した草に喩えた表現だろう。この、月を植物に喩える奇想は、武蔵野の月は「草より出《いづ》」るものだという、歌枕「武蔵野」についての共通理解があったからこそと考えられる。

「芭蕉」の未来

本書では、序章で「俳諧」とは笑いの文学であることを述べ、芭蕉に至るまでの俳諧史を概説した。第一章では「しゃれ」の技法を、第二章では古典文学のパロディを、第三章では謡曲の利用を、第四章では〈なぞ〉の仕掛けを、芭蕉の発句に見た。そして第五章ではとくに「古池や」の発句を俎上に載せて、それが〈なぞ〉の句でもありパロディ句でもあったことを示し、芭蕉自身の解釈も変わってきたということを説いた。

本書は、序章で述べたように、

「芭蕉は俳諧師であり、彼の発句は笑いを目指して言葉で遊んでいる。現代の芭蕉の読まれ方はまじめに過ぎる。芭蕉の仕掛けた〈あそび〉を見直して、芭蕉をもっと笑って読もう」

という姿勢をベースにしている。芭蕉を「わび」や「さび」の詩人としてばかり読むのは、偏っている。私なりに言い換えるなら「わび」は欠落感の美学、「さび」は経年感の美学だと思う。そうした美学的なテーマからさらに老荘思想や禅の思想に踏み込むなどして「哲学する芭蕉」だけを探究するというのは、そうした探究の方向が誤りだというわけではないのだが、芭蕉にとってみれば不本意なことではないだろうか。

そしていま、終章を書く段になって、右に述べた基本的姿勢に、

「芭蕉の〈あそび〉を理解するためには、和歌の伝統の中で培われてきた技法や、謡曲を含む古典の知識など、当時の人々に理解され共有されていた「文化の基盤」というべきものごとを知らなければならない。それを知ってこそ芭蕉の俳諧を笑って読むことができるだろう」

と付け加えたいと思うものである。序章の題に掲げた「芭蕉へ帰れ」を、「芭蕉の〈あそび〉を見直せ」ということに加えて、「芭蕉の時代の「文化の基盤」に立ち帰って芭蕉を読め」の謂《い》いととらえてほしい。その方向に、私たちの貴重な文化的財産としての「芭蕉」が、ありあり

と立ち顕れる未来がある。

本書で取り上げた芭蕉発句の個々の解釈にはさまざまな異論があろうし、私の考察力や説明能力の足りないところもあろう。しかし、総体として、歌枕について「歌枕」展が果たそうとしている役割を、「芭蕉」について本書が果たすことを願っている。

本書の執筆に当たって、編集部の吉田裕氏からは貴重なアドバイスをたくさんいただいた。最後になったが、心より感謝申し上げる。

歌句一覧

＊芭蕉の句には作者名を記さず、太字にした。節で取り上げている句はその節の範囲を示した。
＊配列は現代仮名遣いにした場合のアイウエオ順。数字は所載ページ。

青暖簾のきりつぼのうち（宗因） 14
炑のいろぬかみそつぼもなかりけり 86
蘆の若葉にかゝる蜘蛛の巣（其角） 194・225
足引の山鳥の尾のしだり尾の長々し夜をひとりかもねむ（柿本人丸） 218
東人の声こそ北にきこゆなれ（永成法師） 6
あたらしき年は来れどもいたづらに我が身のみこそふりまさりけれ（よみ人しらず） 178
跡先にかへる尾上の寺子共（宗因） 102
編笠敷きて蛙聴き居る（叩端） 191
いたいけに蝦つくばふ浮葉哉（仙化） 204
いなみ野や山もとほくみわたせば尾花にまじる松のむらだち（土御門院） 115
岩間々々をつたふ小うたひ（宗因） 102
憂かりける人を初瀬の山おろしよ激しかれとは祈らぬものを（源俊頼） 118

うかれける人や初瀬の山桜 118
鶯や餅に糞する縁の先 207
うの花のかきねは雪の心ちして冬のけしきにみゆる山里(河内) 163
卯の花のさけるをかべをこえゆけば雪まをわくる心ちこそすれ(顕仲) 163
卯の花のさけるかきねは冬ごもり友まつ雪の心ちこそすれ(肥後) 163
姥桜咲くや老後の思ひ出 105
梅こひて卯花拝むなみだ哉 165
梅花それとも見えず久方のあまぎる雪のなべてふれれば(柿本人まろ) 164
艶奴今やう花にらうさいス 117
扇にて酒くむかげやちる桜 133
あふみぢやまののはまべに駒留めてひらの高ねの花をみるかな(源頼政) 215
おほひげの御車ぞひの北おもて(前中納言定家) 7
大ぶくを座敷うちへやこぼすらし(貞徳) 12
おもしろうてやがて悲しき鵜舟哉 134—139
かいで見よ何の香もなし梅の花(作者不明) 147
霞の衣すそはぬれけり(作者不明) 9
からさきの松は小町が身の朧 106

辛崎の松ハ花より朧かな　109
から崎の松は花より朧にて　105―119・212・220
かはづ鳴く井手の山吹ちりにけり花のさかりにあはましものを（よみ人しらず）　187
蛙のからに身を入る声　192
元日やおもへばさびし秋の暮　157―159
観音のいらかみやりつ花の雲　120・121
丸薬の衣かたしくだいてねて（宗因）　13
きいたか〳〵よゝのむつ言（宗因）　13
君が代に今もつくらむ津国の長柄の橋や千度渡らむ（藤原家隆）　233
京は九万九千くんじゆの花見哉　117
切れたるゆめはまことかのみのあと（其角）　223
雲の上は有し昔にかはらねど見し玉だれのうちぞゆかしき（小町）　106
雲の上は有し昔にかはらねど見し玉だれのうちやゆかしき（新大納言行家）　106
声よくばうたはふものをさくら散　134
心あらむ人に見せばや津の国の難波わたりの春のけしきを（能因法師）　136・196
こゝろなき身にも哀はしられけりしぎたつ沢の秋の夕暮（西行法師）　196
木のは散るやどにかたしく袖の色を有りともしらで行く嵐かな（前大僧正慈円）　44
木のもとにしるも膾も桜かな　119―134

米くるゝ友を今宵の月の客　87
薦を着て誰人います花のはる　169
小やの池うかべるをしの一つがひ誰ぬぐくつの姿なるらん(三宮惟明親王)　37
盃寒く諷ひ候へ　128
左義長の松はもとより煙哉(有次)　116
さざ波やまのの入江に駒とめてひらの高根のはなをみる哉(源頼政)　213
寂しさや須磨にかちたる浜の秋　159
佐保姫の春立ちながら尿をして(作者不明)　9
五月雨は山路斗や水びたし(作者不明)　147
さはやかにあらひ立ぬるかたびらん(作者不明)　145
しばの戸にちやをこの葉かくあらし哉　40—46
しら鷺の巣だちの後はからす哉(作者不明)　148
しらひげの明神さまか雪の松(貞徳)　90
白雪やむさ〳〵髭に残すらん(宗因)　89
涼風は川ばた斗あつさ哉(一重)　147
すみのえの松のけぶりはよとともに波のなかにぞかよふべらなる(紀貫之)　113
住よしの浦のみるめし忘れねばかりにも人に又と問れし(かはづ)　209

大裏雛人形天皇の御宇とかや 117
たこつぼやはかなき夢を夏の月 76—85
旅ごろもうらがなしさにあかしかね草の枕は夢もむすばず（光源氏） 77
たび人とわが名よばれむはつしぐれ 120・124
旅人と我見はやさん笠の雪（如行） 128
旅人なればおりからの冬（沾圃） 110
誰やらが形に似たり今朝の春 169—181
長嘯の墓もめぐるかはち敲 169
ちる花にたゝらうらめし暮の声（幽山） 150
月ぞしるべこなたへ入らせ旅の宿 103・129
月花を両の袂の色香哉（露沾） 192
月もしれ源氏のながれの女なり（宗因） 14
月やその鉢木の日のした面 110
津の国のなにはの葦のめもはるにしげきわが恋人しるらめや（紀貫之） 195
津の国の難波の春は夢なれや芦のかれ葉に風わたる也（西行法師） 196
摘けんや茶を凩の秋ともしらで 45
天人やあまくだるらし春の海（貞徳） 12

とをのけて廿三夜の月見哉（作者不明） 145
時わかず月か雪かと見るまでにかきねのまゝにさける卯花（よみ人しらず） 163
時わかず降れる雪かと見るまでにかきねもたわに咲ける卯花（よみ人しらず） 162

茄子にまじる瓜のむら立（作者不明） 114
夏山は目のくすり成しんじゅ哉（貞継） 49
何とはなしに何やら床し菫草 190
難波江の蘆のかりねのひとよゆゑみをつくしてや恋ひわたるべき（皇嘉門院別当） 23
糠そゝぎ遥に落る滝津桶（作者不明） 114

箱雛桐壺の扉明にけり（立訓） 79
はちたゝきあかつきがたの一こゑは 冬の夜さへもなくほとゝぎす（天哉＝長嘯子） 167
葉茶壺やありともしらで行嵐（宗因） 43
初春のあした毎にはきたれども逢はでぞかへるもとのふるすに（鶯） 209
初雪に兎の皮の髭つくれ 85—97
花にしゐてや風はふくらん（法眼顕昭） 156
はなのかげうたひに似たるたび寝哉 132
花のくもかねはうへのか浅くさか 120・123

花見むと群れつゝ人の来るのみぞあたら桜の咎にはありける（西行）　121
花を踏んでたゝらうらめし暮の鐘（幽山）　151
はねあがりたるきる物の裾（作者不明）　145
はるかにも思ひやるかな知らざりし浦よりをちに浦づたひして（光源氏）　76
春立てふむ雪汁やあがるらん（貞徳）　12
春たつといふばかりにやみよしの丶山もかすみてけさはみゆらむ（壬生忠岑）　235
春なれや名もなき山の薄霞　236
髭の雪連歌と打死になされけり（素堂）　89
ひとり寝は君も知りぬやつれ〴〵と思ひあかしのうらさびしさを（明石の入道）　77
雛若は桃壺の腹にやどりてか（挙白）　80
ひや〳〵と壁をふまへて昼寝哉　180・221
昼顔に米つき涼むあはれ也　68・72
二人行ひとりはぬれぬしぐれ哉（作者不明）　148
冬牡丹千鳥よ雪のほとゝぎす　168
降かゝる雪やしらがのぜう（尉）が髭（作者不明）　89
古池や蛙とびこむ水の音　193―205
古池や蛙飛ンだる水の音　203
ほとゝぎす正月は梅の花咲り　160―169

ほとゝぎはまたすごもりか声もなし(作者不明) 145
枕よりあとより恋のせめくればせむ方なみぞ床中にをる(よみ人しらず) 4
又山茶花を宿〳〵にして(由之) 126
まんぢうで人をたづぬる山ざくら(其角) 154
饅頭で人を尋ねよ山ざくら(其角) 153
水とりや氷の僧の沓の音 33―40
陸奥によりこしにやあるらん(権律師慶範) 6
蓑むしのねを聞に来よ草の庵 58・73・75
武蔵野の月の若ばへや松島種 240
武蔵野は月の入るべき嶺もなし尾花が末にかゝる白雲(源通方) 237
武蔵野は月の入るべき山もなし草より出て草にこそ入れ(作者不明) 237

やあしばらく花に対して鐘つくこと(重頼) 152
山桜ちれば酒こそのまれけれ(作者不明) 156
山里の春の夕暮きてみればいりあひの鐘に花ぞちりける(能因法師) 152
山路来て何やらゆかしすみれ草 191
山はさくらをしほる春雨(千那) 106

山吹や蛙飛込む水の音　184―193
山吹や蛙とびこむ水の音　194
やみの夜は松原ばかり月夜哉（作者不明）　147
闇の夜は吉原ばかり月夜哉（其角）　148
ゆふがほに米搗休む哀哉　61―75
ゆふがほに米（搗）やすむ哀なり　67
雪の中に兎の皮の髭つくれ　90
雪の中の昼顔かれぬ日影哉　65
雪の日に兎の皮の髭つくれ　90
世中にふりぬるものは津の国のながらの橋と我となりけり（よみ人しらず）　187
わが園に梅の花散るひさかたの天より雪の流れ来るかも（大伴旅人）　164
若葉して御めの雫ぬぐはばや　46―53
わたのくづにてひたひをぞゆふ（作者不明）　7
わらふべし泣べし我朝顔の凋時　65

関連論稿案内

＊筆者がこれまでに発表した、本書の内容と関わる論稿を案内する。なお、『風雅と笑い　芭蕉叢考』（清文堂出版、二〇〇四）は『風雅と笑い』、『旅する俳諧師　芭蕉叢考二』（清文堂出版、二〇一五）は『旅する俳諧師』と、簡略に記す。

序章

〔俳諧史概説〕↓「滑稽・ユーモア　俳句はどうしてユーモアの詩と言われるのでしょう？」（井上泰至編『俳句のルール』第7章、笠間書院、二〇一七）、および「想像力のあそび――連歌」（松尾葦江編『ともに読む古典　中世文学編』第1部10「座の文芸」、笠間書院、二〇一七）

〔宗因流俳諧について〕↓深沢了子《のりこ》と共著『宗因先生こんにちは――夫婦で『宗因千句』注釈（上）』（和泉書院、二〇一九）

第一章

1節　〔連歌寄合書・俳諧付合書について〕↓『近世初期刊行　連歌寄合書三種集成』（清文堂出版、二〇〇五）に『随葉集』『拾花集』『竹馬集』の翻刻と索引、解説「連歌寄合書の展開」

〔『便船集』について〕↓『京都大学蔵　潁原《えばら》文庫選集　第三巻』（臨川書店、二〇一七）に翻刻・索

引・解題

2節「水とりや氷の僧の沓の音」↓『風雅と笑い』所収「芭蕉発句叢考　⑤氷の僧」

3節「しばの戸にちやをこの葉かくあらし哉」↓『風雅と笑い』所収「芭蕉発句叢考　⑥ちやをこの葉」

第二章

1節「蓑むしのねを聞に来よ草の庵」↓『風雅と笑い』所収「蓑虫と蟬」

3節「たこつぼやはかなき夢を夏の月」↓『旅する俳諧師』所収「芭蕉発句叢考　其の四　明石の月」

4節「初雪に兎の皮の髭つくれ」↓「芭蕉の「初雪」」(京都大学文学部国語学国文学研究室『国語国文』二〇一七・十)

第三章

2節「から崎の松は花より朧にて」、および「月やその鉢木の日のした面」↓「「鉢木」の「云かへ」としての「松は花より朧にて」」(京都大学文学部国語学国文学研究室『国語国文』二〇二一・六)

第四章

1節〈〈なぞ〉の句について〉↓『風雅と笑い』所収「謎といふ句」

2節「元日やおもへばさびし秋の暮」↓『旅する俳諧師』所収「おもへばさびし秋の暮――序にかえ

て」
3節　「ほとゝぎす正月《ム》は梅の花咲り」↓『風雅と笑い』所収「謎といふ句」
4節　「誰《たれ》やらが形に似たり今朝の春」↓『風雅と笑い』所収「芭蕉発句叢考　②誰れやらが形」
「ひや〳〵と壁をふまへて昼寝哉」↓『風雅と笑い』所収「謎といふ句」

第五章

1節〜4節　「古池や蛙飛込む水の音」↓『風雅と笑い』所収「蛙《かはづ》はなぜ飛び込んだか──「古池」句の成立と解釈」、および「『葛の松原』の語る「古池」句について──付・関連資料の報告二件」(日本近世文学会『近世文藝』116号、二〇二二・七)
3節　「鶯や餅に糞する縁の先」↓『風雅と笑い』所収「蛙《かはづ》はなぜ飛び込んだか──「古池」句の成立と解釈」
「から崎の松は花より朧にて」↓「「鉢木」の「云かへ」としての「松は花より朧にて」」(京都大学文学部国語学国文学研究室『国語国文』二〇二一・六)

終章

「春なれや名もなき山の薄霞」↓深沢了子と共編『芭蕉・蕪村　春夏秋冬を詠む　春夏編』(三弥井書店、二〇一五)33〜34頁

図版出典一覧

図1　オシドリ　123RF
図2　沓の形　編集部作成
図3　唐招提寺鑑真和上座像　美術出版ライブラリー歴史編『日本美術史』（山下裕二・髙岸輝監修、美術出版社、二〇一四年）
図4　「叩頭蟲」『和漢三才図会』　寺島良安編『和漢三才図会』（東京美術、一九七〇年）
図5　「みのむしの」芭蕉発句自画賛　芭蕉全図譜刊行会編『芭蕉全図譜』（岩波書店、一九九三年）
図A　「観音の」謡前書付発句懐紙　『芭蕉全図譜』
図B　「花のくも」謡前書付発句懐紙　『芭蕉全図譜』
図C　「花のくも」謡前書付発句懐紙　『芭蕉全図譜』
図D　「たび人と」謡前書付発句懐紙（東藤画）　『芭蕉全図譜』
図E　「たび人と」謡前書付発句懐紙　『芭蕉全図譜』
図F　「木のもとに」謡前書付発句懐紙　『芭蕉全図譜』
図6　長柄橋蒔絵硯箱　『歌枕　あなたの知らない心の風景』（サントリー美術館、二〇二二年）
図7　乾山色絵陶板「吉野山」　『歌枕　あなたの知らない心の風景』

図8　「武蔵野図屏風」（右隻、部分）『歌枕　あなたの知らない心の風景』
図9　版本『扇の草紙』より　東洋文庫日本研究班編『岩崎文庫貴重書書誌解題Ⅴ』（財団法人東洋文庫、二〇〇七年）
図10　吸坂焼武蔵野皿『歌枕　あなたの知らない心の風景』

深沢眞二

1960年山梨県生まれ．1988年京都大学大学院文学研究科博士課程単位取得退学．文学博士(2005年，京都大学)．
日本中世・近世文学，連歌俳諧研究専攻．
元和光大学教授．東洋文庫研究員．
著書に，
『風雅と笑い—芭蕉叢考』(清文堂出版，2004年)
『おくのほそ道大全』(共編，笠間書院，2009年)
『「和漢」の世界—和漢聯句の基礎的研究』(清文堂出版，2010年)
『連句の教室—ことばを付けて遊ぶ』(平凡社新書，2013年)
『旅する俳諧師—芭蕉叢考二』(清文堂出版，2015年)
ほか．

芭蕉のあそび　　岩波新書(新赤版)1949

2022年11月18日　第1刷発行

著　者　深沢眞二《ふかさわしんじ》

発行者　坂本政謙

発行所　株式会社 岩波書店
〒101-8002 東京都千代田区一ツ橋2-5-5
案内 03-5210-4000　営業部 03-5210-4111
https://www.iwanami.co.jp/

新書編集部 03-5210-4054
https://www.iwanami.co.jp/sin/

印刷・三陽社　カバー・半七印刷　製本・中永製本

ISBN 978-4-00-431949-8　　Printed in Japan

岩波新書新赤版一〇〇〇点に際して

ひとつの時代が終わったと言われて久しい。だが、その先にいかなる時代を展望するのか、私たちはその輪郭すら描きえていない。二〇世紀から持ち越した課題の多くは、未だ解決の緒を見つけることのできないままであり、二一世紀が新たに招きよせた問題も少なくない。グローバル資本主義の浸透、憎悪の連鎖、暴力の応酬――世界は混沌として深い不安の只中にある。

現代社会においては変化が常態となり、速さと新しさに絶対的な価値が与えられた。消費社会の深化と情報技術の革命は、種々の境界を無くし、人々の生活やコミュニケーションの様式を根底から変容させてきた。ライフスタイルは多様化し、一面では個人の生き方をそれぞれが選びとる時代が始まっている。同時に、新たな格差が生まれ、様々な次元での亀裂や分断が深まっている。社会や歴史に対する意識が揺らぎ、普遍的な理念に対する根本的な懐疑や、現実を変えることへの無力感がひそかに根を張りつつある。そして生きることに誰もが困難を覚える時代が到来している。

しかし、日常生活のそれぞれの場で、自由と民主主義を獲得し実践することを通じて、私たち自身がそうした閉塞を乗り超え、希望の時代の幕開けを告げてゆくことは不可能ではあるまい。そのために、いま求められていること――それは、個と個の間で開かれた対話を積み重ねながら、人間らしく生きることの条件について一人ひとりが粘り強く思考することではないか。その営みの糧となるものが、教養に外ならないと私たちは考える。歴史とは何か、よく生きるとはいかなることか、世界そして人間はどこへ向かうべきなのか――こうした根源的な問いとの格闘が、文化と知の厚みを作り出し、個人と社会を支える基盤としての教養となった。まさにそのような教養への道案内こそ、岩波新書が創刊以来、追求してきたことである。

岩波新書は、日中戦争下の一九三八年一一月に赤版として創刊された。創刊の辞は、道義の精神に則らない日本の行動を憂慮し、批判的精神と良心的行動の欠如を戒めつつ、現代人の現代的教養を刊行の目的とする、と謳っている。以後、青版、黄版、新赤版と装いを改めながら、合計二五〇〇点余りを世に問うてきた。そして、いままた新赤版が一〇〇〇点を迎えたのを機に、人間の理性と良心への信頼を再確認し、それに裏打ちされた文化を培っていく決意を込めて、新しい装丁のもとに再出発したいと思う。一冊一冊から吹き出す新風が一人でも多くの読者の許に届くこと、そして希望ある時代への想像力を豊かにかき立てることを切に願う。

（二〇〇六年四月）

岩波新書より

随筆

知的文章術入門　黒木登志夫
人生の1冊の絵本　柳田邦男
レバノンから来た能楽師の妻　梅若マドレーヌ／竹内要江 訳
二度読んだ本を三度読む　柳　広司
原民喜 死と愛と孤独の肖像　梯　久美子
声優 声の職人　森川智之
生と死のことば 中国の名言を読む　川合康三
正岡子規 人生のことば　復本一郎
作家的覚書　髙村　薫
落語と歩く　田中　敦
文庫解説ワンダーランド　斎藤美奈子
俳句世がたり　小沢信男
日本の一文30選　中村　明
ナグネ 中国朝鮮族の友と日本　最相葉月
子どもと本　松岡享子

医学探偵の歴史事件簿 ファイル2　小長谷正明
里の時間　芥川　仁／阿部直美
閉じる幸せ　残間里江子
女の一生　伊藤比呂美
仕事道楽 新版 スタジオジブリの現場　鈴木敏夫
医学探偵の歴史事件簿　小長谷正明
もっと面白い本　成毛　眞
99歳一日一言　むのたけじ
土と生きる 循環農場から　小泉英政
なつかしい時間　長田　弘
ラジオのこちら側で◆　ピーター・バラカン
面白い本　成毛　眞
百年の手紙　梯　久美子
本へのとびら　宮崎　駿
ぼんやりの時間◆　辰濃和男
思い出袋　鶴見俊輔
活字たんけん隊　椎名　誠
道楽三昧　小沢昭一／神崎宣武 聞き手

文章のみがき方　辰濃和男
悪あがきのすすめ　辛　淑玉
水の道具誌　山口昌伴
スローライフ　筑紫哲也
森の紳士録◆　池内　紀
沖縄生活誌◆　高良　勉
シナリオ人生◆　新藤兼人
怒りの方法　辛　淑玉
伝言　永　六輔
活字の海に寝ころんで　椎名　誠
四国遍路　辰濃和男
嫁と姑　永　六輔
老人読書日記　新藤兼人
親と子　永　六輔
夫と妻　永　六輔
活字博物誌　椎名　誠
商(あきんど)人　永　六輔
芸人　永　六輔
現代人の作法　中野孝次
職人　永　六輔

(2021.10)　◆は品切，電子書籍版あり．(Q1)

岩波新書より

岩波新書/最新刊から

1938 **アメリカとは何か**
自画像と世界観をめぐる相剋
渡辺　靖著
今日の米国の分裂状況を象徴するアイデンティティ・ポリティクス。その実相は？　トランプ後の米国を精緻に分析、その行方を問う。

1939 **ミャンマー現代史**
中西嘉宏著
ひとつのデモクラシーがはかなくも崩れ去っていった。軍事クーデター以降、厳しい弾圧が今も続くミャンマーの歩みを構造的に解説。

1940 **江戸漢詩の情景**
―風雅と日常―
揖斐　高著
漢詩文に込められた想い、悩み、人生の悲喜こもごも……。人びとの感情や思考を広く掬い上げて、江戸文学の魅力に迫る詩話集。

1941 **記者がひもとく「少年」事件史**
―少年がナイフを握るたび大人たちは理由を探す―
川名壮志著
戦後のテロ犯、永山則夫、サカキバラ。実名・匿名、社会・個人、加害・被害の間で大人たちは揺れた。少年像が映すこの国の今。

1942 **日本中世の民衆世界**
―西京神人の千年―
三枝暁子著
生業と祭祀を紐帯に、殺伐とした時代を生き抜いた京都・西京神人。今に至る千年の歴史に見える、中世社会と民衆の姿を描く。

1943 **古代ギリシアの民主政**
橋場　弦著
人類史にかつてない政体はいかにして生まれたのか。古代民主政を生きた人びとの歴史的経験は、私たちの世界とつながっている。

1944 **スピノザ**
―読む人の肖像―
國分功一郎著
思考を極限まで厳密に突き詰めたがゆえに実践的であるという驚くべき哲学プログラムを読み解き、かつてないスピノザ像を描き出す。

1945 **ジョン・デューイ**
―民主主義と教育の哲学―
上野正道著
教育とは何かを問い、人びとがともに生きる民主主義のあり方を探究・実践したアメリカを代表する知の巨人の思想を丹念に読み解く。

(2022. 11)